垄青

著

木纹

春风文艺出版社
·沈 阳·

图书在版编目（CIP）数据

木纹/垄青著. -- 沈阳：春风文艺出版社，2025.
1.-- ISBN 978 - 7 - 5313 - 6817 - 5
Ⅰ. I227
中国国家版本馆CIP数据核字第20241W4R99号

春风文艺出版社出版发行

沈阳市和平区十一纬路25号　邮编：110003

辽宁新华印务有限公司印刷

责任编辑：周珊伊	责任校对：于文慧
封面设计：鼎籍文化　马婧莎	幅面尺寸：130mm × 203mm
字　　数：237千字	印　　张：14.5
版　　次：2025年1月第1版	印　　次：2025年1月第1次
书　　号：ISBN 978-7-5313-6817-5	
定　　价：69.00元	

序

今年暑假，我回到了老家赤峰。记得上一次回家还是2019年，我已经五年没有回去，对故乡和亲人的惦记与日俱增。我从小生长在那里，直到24岁考上大学才离开家乡。我的青少年时代的生活是苦涩的，挨饿是少年时代留下的最深刻记忆。小小的年纪还要帮助家里拔草拾柴，帮助母亲照看弟弟妹妹。1966年小学毕业，就开始了我的农业劳动生活。其间虽然上过二年所谓的"高中"，所学的数理化课本也叫"工农业基础知识"。主要的任务是到生产队劳动，挣工分补贴家用。上大学前我早已经是一个地地道道的农民，双手长满了老茧。可是不知道为什么，随着年龄的增长，我对故乡的眷恋越来越深，少年往事不时地闯入心怀，在草丛中抓蚂蚱，在田野里挖野菜，到山上拔蒿草，在夜幕下数星星，一切都变成那样美好的回忆。这次回到家乡，我迫不及待地到我生活和劳动的田野、河边，到我读过书的小学、中学里去寻找旧时的足迹。将近半个世纪过去了，故乡也发生了巨大的变化，一切都在依稀仿佛之中，让我回想，让我留恋。在故乡，又一次见到了我儿时的玩伴，小学的同学。亲朋故旧，互道问候，诉说相思，打探近况，都有不尽的感慨。我多想变成一个诗人，把这些感受抒写出来啊！

摆在大家面前的这部《木纹》，就是这样一部抒写故乡之情的杰作。

故乡之所以可爱，首先因为它的美。是它的山山水水把我们养育，并化为我们生动的血肉与高贵的灵魂。在作者的眼中，故乡是那样美，贡格尔的蓝天像巨大的蓝水珠，他担心"百灵啊／小心你嘹亮的歌声碰到它／苍鹰啊／小心你的翅膀扇着它"（《贡格尔的蓝天》）。山谷中的浓绿就像翡翠，"还是慢慢洇了过来／清润如鲜啤酒／少女手拄着脸儿／望着山谷／心底的绿翻涌上来／再也遮掩不住"（《翡翠》）。在作者眼中，"世界上最高的山就耸立在村前／世界上最宽的河就流淌在村边／世界上最鲜艳的花朵都开在自家墙外的原野里／世界上最好看的容颜是邻居家小杏的红脸蛋蛋／男孩儿最帅气的行为是骑着柳枝儿纵横驰骋／女孩儿最时尚的打扮是耳畔掖着一朵山丹丹／世界上最激烈的竞技是爬树／世界上最难做的事是第一次抓笔把一竖写直"，这是多么快乐的童年啊。他由此发出感慨，"自从写直了一竖就没了童年的世界／童年之外的世界什么都摸不着边儿"（《童年之最》）。作者所写，岂不就是我的童年，不就是我如今对童年的回忆？故乡就这样融入我的生命之中，是咀嚼不尽的草味。"坐在西拉木伦河岸上／拔一棵草放在嘴里嚼着／看河水滚滚西来又滔滔东去／想着自己的过去和未来／满嘴都是草味"（《草味》）。故乡不仅是美丽的风景，更是朴素温情的生活。在作者笔下，所有的生活素材都是诗，都化成对生活浓浓的爱。作者看到一只蝴蝶落在草地的花上，便引动了诗情："那只蝴蝶仿佛下决心／要勾引那朵虞美人和自己私奔／它优雅地扇动那双炫目的翅膀／极力吸引花的注意／花在风中每一点头／它都一阵欢欣／但花更多是摇头／它落上花蕊／合上了翅膀／迁就着花的任性"（《草地一瞬》）。原来生活中的美，就来自这点点滴滴的日常与平凡。

故乡养育了我们，也培育了我们的情感并塑造了我们的灵魂，它让我们永远记住过去的时光。作者在诗中回忆过往，咀嚼生活。眼前的场景，无形中就会触动诗人的灵感，"老伴整理旧物 / 翻出了母亲八十多岁时的两幅绣品 / 一丛怒放的牡丹中凤凰翩翩穿过 / 一树花朵饱绽的梅枝上喜鹊报喜声声 / 我眼含着泪水对自己说 / 以后你不能再轻易说自己老了"（《母亲的绣品》）。面对母亲的旧物，引发了作者深深的怀念之情，同时在这种怀念中还包含着对生活的热爱与生命的思考。改革开放几十年，我们的生活环境发生了翻天覆地的变化，但同时也伴随着由此而带来的复杂的思想观念冲突。作者通过一棵老榆树的眼睛把这种感受写了下来："它在时 / 那庄子是个腼腆的村姑 / 衣衫破旧 / 但穿得严严实实 / 它不在时 / 那庄子是个放浪的村妇 / 衣装时尚 / 但裸露太多"（《老榆树》）。是啊，在这首诗里，老榆树就是一个旧时代的象征，老榆树没了，观念和习俗就变了。这不免让人五味杂陈。面对这样的改变，我们到底怀念的是故乡的什么？

在作者笔下，黄岗梁、西拉木伦河与草原是最重要的意象。今年的农历正月初二，作者回到了家乡，过西拉木伦河，那是作者心中的一条圣河："大河上下一片洁净的白光 / 多么宽阔的慈祥 / 想象千年前南征归来的契丹战士 / 满面风尘 / 甲衣破旧 / 乡思软糯了的双膝 /

直想扑通一声跪下来 / 朝着冰面 / 磕几个响头"(《甲辰年正月初二过西拉木伦河》)。在这里，作者将自己比作千年前南征归来的战士，回到了西拉木伦河，就等于回到了故乡，这里寄托了太多的乡愁。如果说河是图腾，草原则更像是温暖的家："我躺在这草原上，很舒服，很放肆。青草的甜味，野花的香味，泥土的腥味，新鲜牛粪的臭味，混合着熏我蒸我，我有些晕。脑子里像有什么在酝酿，不过不是诗，倒像是要长出一蓬草来，开出几朵花来，飞出几只蝴蝶来。"(《在草原上》) 是啊，还有比草原更为宽广、更为亲切的家吗？"天似穹庐，笼盖四野"，这里有大自然的万般气息，人们可以尽情地唱歌、跳舞，驰骋想象。只有在这里，人与自然才能融为一体，就像儿子投入母亲的怀抱。相比于草原与河，黄岗梁则给了作者更多的雄奇和浪漫："夕阳的巨鸟 / 扇动着金红浅紫的云翼 / 渐渐远去 / 夜色女郎 / 提着幽蓝的裙裾 / 缓缓走上天庭 / 一身珠光宝气 / 凉风袅袅登上前台 / 指挥虫子 / 举办音乐晚会 / 一只诗蛾 / 刚产完卵 / 满意地守着一群字宝宝 / 盼着它们快点儿爬起来 / 去占领每一片绿叶"(《黄岗梁之夏》)。站在黄岗梁上，就像登上了天庭，万物都在那里享受着自由的快乐。诗人把故乡描绘得如此美丽，怎能不让人神往？

但作者的笔下并非仅仅是故乡的美丽，还有自己青少年时代苦难的生活。诗人出生于20世纪50年代末期，青少年时代的苦难生活在他的记忆里刻下了不可磨灭的印象。往事悠悠，一一流入笔端。他记得在生产队劳动时年末的分红，父亲和三姐四姐几个人劳动一年，年末盼着生产队的分红，"父亲把一张纸上的数字算了又算，把几张从队里抽回来的欠条看了又看，然后从衣兜里掏出一小卷钱票，数了又数，一共是十三元四毛。他把两张五元的叠起来，用手绢包了，交给在炕边站了半天的母亲，'这是明年一年的开销，别乱花。'又把剩下的三元四毛递给母亲，'快去供销社吧，去晚了怕是挤不上前儿。'然后将几张欠条放进火盆烧了，两只大手放一起用劲儿搓了搓，脸带笑容说：'咱家不再拉饥荒了！'"（《分红》）没有经过那个时代的人可能不会了解当时农民生活的艰苦。全家人辛苦了一年竟然只挣回来十三元四毛钱，而父亲还"脸带笑容"，因为终于"不再拉饥荒了"。生活的苦难，在《饼的故事》（一）与（二）中得到细节上的展现。在诗人的记忆里，有两次与饼有关的事情，一次是跟着母亲到生产队长家里借筛子用，闻到了队长家的饼香，"我空空的肚子里，饥饿的馋虫，经不住这番勾引，咕噜咕噜地叫着，一根一根地从胃里往出爬，快到嗓子眼儿了，快到舌头根儿了，快到……我一次又一次地使劲儿咽唾沫，咕咚，咕咚，想把它们压下去——""回家的路上，母亲蹲下来，红着眼睛，在我的脸上亲亲地亲了一口说：'我儿子有出息！'"这时的作者，可能只是一个三五岁的孩子。第二次是作者上学以后，中午回家吃饭，母亲正在用家里唯一的一点白面烙饼宴请大队干部。诗人等着上学，嚷着要吃饭，"母亲只是看了我一眼，没吭声，她掀开装白面的那节柜盖，我往柜里一看，顿时愣了，柜子露出的是空空的柜底"。懂事的作者知道家里的困难，不再喊叫，而是悄悄地溜出门上学，"当我走到门口时，她一把拽住我，从锅台上的盘子里唯一的饼上撕下半张来，塞进我手里，我几口将半张饼吞了下去，一溜烟跑向学校，边跑边擦眼角"。在那个艰苦的岁月，能吃上一口面饼，竟成了难以实现的梦想，成为考验诗人意志和品行的关键。艰苦的岁月，就这样在诗人的心里留下了终生难忘的印象。

当然，苦难的日子里也有家庭的温暖和亲情的呵护，这些在作者的心中留下了更深的印记，成为滋润其心灵，培植其人格，养育其成长的强大动力。如《爷爷的诵读》："那古钟般的声音，刚从垄上蹿高了麦子，又顺着线装的字行，唤醒书中的精灵神怪。撅着屁股趴在炕上听入了迷的小男孩，看着你堂堂的古貌，以为你就是姜尚、如来。"在诗人幼小的心灵里，爷爷的形象是如此高大，因为他给了诗人知识、想象和成长的力量。如《腊月寒夜》："煤油灯的焰苗微微摇晃／轻轻跳动／火盆里的火炭渐渐暗了下去／母亲手中的鞋帮／绽放出朵朵红艳的梅花／四姐剪子下的鸳鸯游进了溪水／五姐的心绪也纺成了团团的毛线／灯芯一次又一次被挑亮／腊月的寒夜一次又一次／提起了精神／北风冻得嗷嗷怪叫／兜着雪末扑打窗子／想撞进屋来坐坐热炕／母亲的故事讲得很长很长／一蓬绿葱葱的瓜秧／一直爬向几十年外的菜园，坐下了一群别样的儿女"。生活虽然艰苦，但是家庭如此温馨，怎能不让人怀恋。还有《第一缕炊烟》，诉说着诗人家里冬季的生活，父亲每天早晨早早烧起了火盆，"全家人'闻'火而起，从热被窝里钻出来，将冰凉的棉裤棉袄凑近火盆烘一烘穿上，用锅里的热水洗涮、做饭，清贫而红火的一天就闹腾开了"。诗人由此而自豪地宣称："敢说村里的第一缕炊烟是从我家升起来的。"更为可贵的是，在这样艰苦的环境中，诗人也收获了爱情："你的眼里藏着黑宝石吗，为什么那么亮？我小心翼翼地迈过木桥，折一枝嫩柳，边走边摇。路边的麦苗翩翩地飞，像你飘飘的衣角。杨树也长着大眼睛，瞅得人不好意思。园子里的杏枝伸出墙外，青青的杏子没人乱摘。芸豆花笑在栅栏上，黄瓜袅着颤颤的须儿。一只燕子斜斜飞来，屋檐下一阵叽叽喳喳。"（《走进你的十八岁——读妻旧照》）这份爱是那样朴素，又是那样浪漫和珍贵，一直陪伴他到老。正是这些苦难的经历磨炼了作者，家庭的温馨滋润了作者，使他在那样的环境中还坚持学习，终于在1977年考上了大学。作者回忆他参加高考时的情景："第一场考试，交了卷，走出考场，整个人像被一只饿虎从里面掏空了一样，浑身都没了力气。"（《一九七七，高考，冻馒头》）还有他接到录取通知书时的喜悦："此时，狂喜变成了狂奔。冰封的河面上，得跑就跑，得溜就溜。"他要赶回家去把喜讯告诉家里。"离家不到二十里路了，我又加快了脚步，突然听到嘭的一声巨响，接着觉得脚下猛地一沉，扑通，我掉进了冰窟窿。好在冰下的河水不太深，也不太急，扑腾了一阵，终于爬了出来，惊喜和惊惧都如此突然降临，我仿佛置身于一场荒诞戏剧中，但这荒诞之中是不是也有人生独特的况味？浑身水淋淋，冻得牙巴骨直打仗，不敢停留，也不敢再走冰上，只好走河岸，一身厚棉衣被河水一泡，陡增了十几倍的重量，不一会儿，外面结上一层冰壳，如同披挂着钢铁铠甲一般，乒乒乓乓地一路前奔。到家后面对全家人惊呆的目光，只说了一句话：'我考上大学了！'就瘫倒在地上。"（《大喜过望》）我们可以想象，对于当时的一个普通农村青年来讲，考上大学意味着什么。那是理想得以实现的唯一途径，是生活和命运的巨大改变。诗人的这一段经历，由此而变成一首奇异的诗章。

赤峰是一片神奇的土地，有传承古老的文明。著名的红山文化就发端于此，契丹人、蒙古人先后在这里繁衍生存。生长在这块土地上的诗人，自然也有深沉的历史情怀。诗集中《永远怒放——题红山文化展览馆藏红山交媾石人》，是对红山文化中一件文物的思考，作者用深邃的眼光，探求文物中所体现的远古人鲜活的生命意识，"就这样赤裸裸／就这样火烈烈／就这样肆无忌惮／势不可当地投入对方／如山泉迸流／如花朵怒放／

五千多岁月淤埋／有什么不会腐烂如泥／唯有这般物事依然新鲜得和原来一样"。作者深刻地认识到，红山文化在现代人的眼中，其意义不仅仅是展览馆中的玉龙、石斧、马蹄形玉箍，供人们追怀历史，它有时也会变成供人们仿制的文物，"拿到古玩市场去卖"，用来赚钱（《红山文化——仿赫鲁伯》）。作者对契丹文化有特殊的感情，面对西拉木伦河的干涸而联想到契丹文化的消失，引发心中之痛："千年的思念／在辽阔荒原上／干涸成一道深深的泪痕"（《西拉木伦与契丹》）。于是作者写出了《耶律倍（一）（二）》《萧韩家奴答兴宗皇帝耶律宗真问》等诗篇。面对这些历史人物，作者抚今追昔，感叹他们不同的命运，这里有贤明的君主，也有邪恶的奸臣。有血腥的杀戮，也有对和平的追求。他感叹历史的无情和人性的复杂。兴宗皇帝耶律真宗问萧韩家奴："穆宗皇帝不理朝政，嗜酒贪眠，喜怒无常，杀人成性，你竟说他贤明?!"萧韩家奴的回答是："穆宗嗜酒，只是自醉；贪眠，只是自睡；嗜杀，只是杀自家的奴才或罪囚。他自甘昏暴，不自居贤明。不动辄发号施令，折腾百姓。那年月，百姓牧者自牧，农者自农，乐业安生。赋轻徭少，也不发动战争，百姓富足，社会太平。所以臣认为穆宗最贤明。"(《萧韩家奴答兴宗皇帝耶律宗真问》)是啊,对于一个君主来讲,判断他是否贤明的最高标准并不是他个人性格上的优缺点,而是看他是否为人民百姓带来了幸福,这是多么深刻的思想见解。作者正是站在这样的立场上来思考历史人物的功过是非,思考契丹国的兴亡,也深入思考中华文化在现代社会的意义。

从以上这些简单的介绍,我们可以看到作者对故乡的深情,他把故乡的自然风光与人文风情熔为一炉,在我们面前展开了一幅幅立体生动感人的故乡图画。但诗人并不满足于对故乡的单纯怀念,还描写了多姿多彩的生活。在诗人眼中,生活中的每一个片段、每一个场景都是诗,都充满了诗意。

作者的笔名为"垄青","垄"代表的是故乡的田园,"青"意味着万物的茁壮丰茂,"垄青"合在一起,也代表着对故乡情感的深沉与浓烈。诗选共分为三辑,第一辑"短草青青"侧重于对当下生活的抒写,第二辑"情怀耿耿"多是对草原生活的描述,第三辑"往事悠悠"则是对故乡往事的追怀。仅看诗题,如《汲水》《母鸡下蛋》《老李家的鸟》《井水》《蚁城》《饼的故事》

《十粒芸豆》《乡愁的狐狸》《退休》《葵花地》《老井》《枯泉》《兴安岭上》等，我们就可以体会到"垄青"二字的丰富意韵。诗人把自己的生活全部融入了诗歌。诗人的生活是朴素的，但是我们从中看到的是诗人鲜活的生命。

　　垄青诗歌的语言也是朴素的。他的诗中没有华丽的辞藻，也没有过分的修饰与雕琢，体现的是一片天然。如作者写他的《黄山夜遇》："湿漉漉的夜。一家小店里，摆出两坛自己背来的蒙古王，痛饮。招来一群山花野朵，笑盈盈攒满门窗。'买笋干吧！''买蘑菇吧！''买茶叶吧！''买！谁干了这杯酒，就买谁的！'把斟满了的杯子往前一端，突然，哄的一声散去，笑声哗哗，一直往竹林深处流去。"这几乎是纯粹的口语，化入诗中，便有了无尽的情趣。即便是哲理的阐释，也把它口语化："你给了我眼睛，我瞎了。你给了我耳朵，我聋了。你给了我嘴巴，我哑了。你给了我鼻子，我憋了。你给了我心眼儿，我傻了。朋友，你还有什么要给我吗？"（《庄周的浑沌》）诗意取材于《庄子·应帝王》："南海之帝为倏，北海之帝为忽，中央之帝为浑沌。倏与忽时相与遇于浑沌之地，浑沌待之甚善。倏与忽谋报浑沌之德，曰：'人皆有七窍以视听食息，此独无有，尝试凿之。'日凿一窍，七日而浑沌死。"深奥玄微的哲理，经过口语的诗化而有了更耐人咀嚼的韵味。当然，诗的口语化并不意味着没有艺术的加工与想象，优秀的诗人照样能在这里面创造出独特的意境。如作者笔下的《麦收》："秋月的镰刀锋利雪亮／它从东向西割去／割得不慌不忙／夜色片片倒地／东山上露出了一线曙光／我的镰刀也已在月下磨好／在外面的窗台上"。把弯弯的秋月比作镰刀，这比喻既新奇又贴切。再如作者笔下的《小湖》："是谁／在这山的臂弯里留下了一面镜子／也留下了幽幽的梦／云彩飘远了／鸟儿飞远了／那个在岸边久久徘徊的人也不知去向／只有几棵云杉树还守在那儿／水里的影子日渐青葱"。就这样用几句简洁朴素的口语式表达，不仅写活了"小湖"的风景，还寄予了无限的深情。这不禁让我想起东晋诗人陶渊明的《饮酒》："山气日夕佳，飞鸟相与还。此中有真意，欲辨已忘言。"表面看起来平淡自然，但"质而实绮，癯而实腴"，这就是历来被人们所推崇的自然之境。我想，诗人一定深受陶渊明的影响吧？

　　垄青的诗篇还有一个突出的特点，就是往往在日常朴素的生活中悟出哲理，并把它写入诗中，这使得他的诗含有了很深的理趣。诗集中不乏一些充满哲理的诗作，如《题崖柏根雕〈翅膀〉》："生来就有一个愿望 / 要往高处飞翔 / 即使被命运挤进岩缝 / 也要长成翅膀的模样"。诗人喜欢根雕艺术，他的每一件根雕作品都富有诗意，他的多首根雕诗中都富有哲理。如《一脚踹碎了一座天堂》："这个天国遭了什么魔咒，突然大难临头？辉煌的天宇轰然破裂，阆苑通衢顷刻沦没，神仙的好日子烟消云散，它的子民——蚂蚁死伤不计其数，幸免的那些四处奔逃。草原边缘的沙丘上，稀稀拉拉地长着些矮榆山杏白桦，我来搜寻能雕刻的根材。终于遇到一棵疤瘰瘤癞的枯根，能雕成一尊弥勒，还是一只乌龟？只是猛劲地踹了一脚啊，我惊叹自己脚力的非凡，竟轻而易举地摧毁了一座天堂。"我想这不仅仅是诗意的写作，更是诗人的忏悔，忏悔人类将自己的快乐建立在对另一种自然生命的毁灭之上，发人深省。垄青诗篇中蕴藏的哲理，有的是直接抒发，如《芦苇的呐喊》："再多的懦弱相加也还是懦弱 / 它们在风中杀杀杀地喊成一片 / 不是抗争 / 是彼此在摩擦"。有的是含蓄地表达，如《树之美目》："忍着痛 / 它把伤疤 / 长成美丽的眼睛"。有的是转为感受，如《夜读海子》："一颗炽热的流星／飞入怀中／我被烧得通红／早晨醒来／摸摸自己／依然一块锈铁／冰凉"。但无论如何，哲理的思考是垄青诗歌创作中重要的元素。这让我想起苏东坡，他把词的创作从绮罗香泽之态中解放出来，在其中寄予了诗的哲理，往往在平凡的生活中抒写深刻的意义，如《念奴娇·赤壁怀古》中的"人生如梦"，如《水调歌头·明月几时有》的"但愿人长久"，如《蝶恋花·春景》中的"天涯何处无芳草"，如《定风波·南海归赠王定国侍人寓娘》中的"此心安处是吾乡"。垄青从上大学的时候就深爱苏东坡的诗词，我想他一定在潜移默化中深受苏东坡的影响吧。

以上是我读垄青诗歌产生的一点个人感受。这种感受，来自我与垄青一样的故乡之恋。我们共同生活于赤峰这块神奇的土地，他的家在辽河上游的西拉木伦河畔，我的家在辽河上游的老哈河畔。我们在青少年时代有过共同的生活经历，又有幸成为大学的同班同学。我们原本就是同根兄弟，共同的生活志趣把我们连在一起，结下了一生的友谊。这次回到故乡，最愉快的事情之一就是与垄青相聚。他把诗集寄给我，让我作序。我一口气将诗集读完，他那深深的赤子之情，抚慰着我的故乡之怀。在此，我隆重地将《木纹》推荐给大家，相信它一定也会得到所有人的喜爱。

赵敏俐

2024年7月28日于京西会意斋

目　录

第一辑　短草青青

第二辑　情怀耿耿

第三辑　往事悠悠

第一辑

短草青青

惊　喜

阳光在波荡的湖面上跳舞，
清风在初生的绿叶间欢歌。
你的眼里闪烁着什么？
啊，闪烁着什么？

我的心就像这风中的嫩叶，
这阳光下的水波，
惊喜得不知所措。

2012年4月5日

当火已没有烈焰升腾

当火已没有烈焰升腾，

就要静心地守护好那一堆暗红。

即使它渐渐成灰，

也不要轻易去拨弄，

拨弄它，

说不定会迸出灼人的火星。

2012年12月1日

童戏《转迷糊》

天转

地转

花花绿绿真好看

你转

我转

悠悠忽忽真好玩

天转转

地转转

花花花绿绿绿

悠悠悠忽忽忽

真真好玩

真真好看

倒

2013年5月16日

玛　瑙

一个吻飞穿四十年时光
像一颗高速的弹弓子
在梦中击中了他的右额
顿时绽成一朵疼痛的花朵
他惊讶这少女的心事为何如此坚硬持久
一如她美石的名字

2013年9月11日

写 诗

一只害相思病的蜘蛛，

躲在草木丛中东拉西扯地织网。

瓢虫啊瓢虫，

我的小乖乖，

我的小美人，

快到我的怀中来啊，

快来！

我要送给你世界上最晶莹的钻戒。

一只绿豆蝇傻乎乎撞来，

又冲决而去。

2015年6月16日

庄周的浑沌

你给了我眼睛，

我瞎了。

你给了我耳朵，

我聋了。

你给了我嘴巴，

我哑了。

你给了我鼻子，

我憋了。

你给了我心眼儿，

我傻了。

朋友，你还有什么要给我吗？

2016年7月13日

麦　收

秋月的镰刀锋利雪亮

它从东向西割去

割得不慌不忙

夜色片片倒地

东山上露出了一线曙光

我的镰刀也已在月下磨好

在外面的窗台上

2016年8月1日

翡 翠

雾弥漫了山谷
可谷中那浓浓的绿
还是慢慢洇了过来
清润如鲜啤酒
少女手拄着脸儿
望着山谷
心底的绿翻涌上来
再也遮掩不住

2017年6月29日

贡格尔的蓝天

一滴大大的蓝水珠

就要滴下来

滴下来

百灵啊

小心你嘹亮的歌声碰到它

苍鹰啊

小心你的翅膀扇着它

2017年7月6日

题崖柏根雕《翅膀》

生来就有一个愿望

要往高处飞翔

即使被命运挤进岩缝

也要长成翅膀的模样

2018年7月10日

车行巴林

荒凉

天空荒凉

旷野荒凉

牛羊荒凉

车中人语荒凉

睡容荒凉

只有一座孤山

如乳如桃如心

如一个新概念

冬云下

蓬勃鼓胀

2018年12月3日

你走你的山梁我走我的沟

——戏仿陕北民歌

你走你的山梁我走我的沟，

咱二人两心相知何必一搭走。

你梁上有大好风光无穷尽，

我沟里有美的景致看不够。

你想我时就在梁上使劲吼一声，

我念你时就在沟里用力招招手。

2019年11月28日

攥在手心里的名字

把那个名字写在手心里

心中想着

嘴上念着

手使劲攥着

直到她变成一块透明的石头

2019年11月28日

寂寞的男人

——戏改阿巴斯

井底下

一个寂寞的男人

井口上

一个寂寞的男人

他们伸出手

都想把对方拉向自己

附阿巴斯原作：

井底里

一个寂寞的男人

井口上

一个寂寞的男人

他们之间一个水桶

2019年12月1日

空 瓮

大风之夜

房前屋后

老树老井牲口棚

都在呼呼啦啦地响

占据了最高音的

是趴在土台上的一只空瓮

悲情倾泻

到处是它的呜呜声

2019年12月7日

坛　子

美国人史蒂文森把一个坛子

（就一个）

放在田纳西州的一座荒山上

这坛子就威风八面

君临天下

中国人的坛子

不是存在博物馆的玻璃柜里展览

就是还埋在土里

2019年12月12日

平凡草木

1. 草味

坐在西拉木伦河岸上

拔一棵草放在嘴里嚼着

看河水滚滚西来又滔滔东去

想着自己的过去和未来

满嘴都是草味

2. 芦苇的呐喊

再多的懦弱相加也还是懦弱

它们在风中杀杀杀地喊成一片

不是抗争

是彼此在摩擦

3. 树之美目

忍着痛
它把伤疤
长成美丽的眼睛

2019年12月30日

小 湖

1

是谁

在这山的臂弯里留下了一面镜子

也留下了幽幽的梦

云彩飘远了

鸟儿飞远了

那个在岸边久久徘徊的人也不知去向

只有几棵云杉树还守在那儿

水里的影子日渐青葱

2

把镜头推远点再远点

让湖水再长阔一些幽暗一些

让夕阳的余晖把那些云杉树照得更亮一些

一些往事已走向岁月深处

记忆之光将把它描绘得更分明

2020年3月1日

夜读海子

一颗炽热的流星

飞入怀中

我被烧得通红

早晨醒来

摸摸自己

依然一块锈铁

冰凉

2020年3月17日

乡村露天电影

当一柱强光将漆黑的夜捅破
光柱在一方白布上讲起故事
故事把一大片半明半暗的脸弄得悲悲喜喜
周遭的夜色越来越黑
这时一双手开始寻找另一双手

2020年4月2日

童年之最

世界上最高的山就耸立在村前

世界上最宽的河就流淌在村边

世界上最鲜艳的花朵都开在自家墙外的原野里

世界上最好看的容颜是邻居家小杏的红脸蛋蛋

男孩儿最帅气的行为是骑着柳枝儿纵横驰骋

女孩儿最时尚的打扮是耳畔掖着一朵山丹丹

世界上最激烈的竞技是爬树

世界上最难做的事是第一次抓笔把一竖写直

自从写直了一竖就没了童年的世界

童年之外的世界什么都摸不着边儿

2020年6月28日

我知道的

地下的事情

我知道的比不过一条树根

天上的事情

我知道的比不过一朵云彩

树根和云彩都沉默无语

我却总喜欢谈天说地

喋喋不休

2020 年 9 月 9 日

表　白

大雪过后

公园的空地成了一张阔大的白纸

一个少年走来

横脚在上面拖出一行大字

兰子我爱你

小伙子

我真羡慕你

像你这么大的时候

我只敢把如此的表白藏在柴草里

2020 年 12 月 10 日

蓝刺头

我要爆炸

因为爱

也因为恨

我要爆炸成一团蓝蓝的烟

一团尖尖的刺

爱我的

恨我的

都离我远点

小心扎了你的手

2020年12月24日

打水漂

拾起一块片儿石

不大不小不薄不厚

侧歪下身子

甩开手臂贴近水皮

用力撇出

石片儿在河面上跳跳跳

跳出一串漂亮的水花

再玩一次少年的游戏

只是河面太宽

这水花无论如何也开不到你那里去

2020年12月28日

靠　近

她靠近我时

我被一股浓烈的新出炉的面包味袭击

低着头对她说

请走开

我很饿

2021年1月25日

母亲的绣品

老伴整理旧物

翻出了母亲八十多岁时的两幅绣品

一丛怒放的牡丹中凤凰翩翩穿过

一树花朵饱绽的梅枝上喜鹊报喜声声

我眼含着泪水对自己说

以后你不能再轻易说自己老了

2021年1月25日

伞

——题木雕花板《断桥》

我与你

你与她

她与他

都有可能在这么一座桥上相遇

如果没有一把伞

在那样的雨天

恐怕只能成为彼此匆匆的过客

              2021年1月26日

击　掌

把手掌伸出去

想象你会与我对击

发出一声脆响

表达某种默契

没想到妨碍了别人

人家说

对不起

请把手拿开

2021年2月2日

蛋壳舟

——听乐曲《在时间的河流上》

时间的河流上

我们都是漂流者

所乘之舟

不过是又薄又脆的蛋壳

2021 年 2 月 27 日

思　絮

1. 走走飞飞

一步一个脚印是悲哀的

能不能天马行空

足不留痕

足不贴地也是悲哀的

能不能想走时走

想飞时飞

2. 木头或石头

不想做瓶瓶罐罐一类的东西

人家装什么就盛什么

要当一块木头或石头

有自己的纹理和内核

3. 昼夜

不是白的吞了黑的
就是黑的吞了白的
两头巨兽吞进吐出
牙缝里众生欣欣向荣

4. 夜行

没有灯盏和火把照路
只好点亮自己的灵魂

2021 年 3 月 26 日

马格里特画臆想

1.《火的发现》

凡是发声器

都有招致火灾的危险

2.《爱侣》

都把脸蒙上

为的是彼此爱得更真

3.《青春图解》

别以为和你走在同条路上的

都与你志同道合

4.《沉思》

照不亮夜空
可以照亮自己

5.《思乡》

猛兽愿做温顺的猫
雅士想当奋飞的鸟

6.《婚宴》

寂寞时把自己想成一头威严的狮子
平静而深沉地看着这个世界

7.《怦然心动》

怕刺儿的人
就别向玫瑰伸手

8.《现在》

战胜了孤独的是强者
被孤独战胜了的是诗人

9.《追求的绝对》

夕阳西下的时候清空自己
等待新的诗意来临

10.《没有结果的搜寻》

生活不一定时时刻刻都脚踏实地
偶尔也不妨漫步云端

11.《偶像》

那个叫庄周的老头讲了鱼变鸟的故事后
鱼都变成鸟飞走了

石头却一动不动

它们一直很坚硬

曙光也很坚硬

每天都会在这海边红起来

石头和曙光都相信

说不定哪天

会有另一片海里的鱼变成鸟飞来

12.《复燃》

无眠深处

直想拈一朵玫瑰花

再去敲某颗星星的门

2021年4月29日

金莲花

一觉醒来

她想家了

在杯水中

踮起脚旋转着身子

放眼寻找故乡那片原野

不知自己已做了玻璃的囚徒

2021年5月6日

题SH白衣黑马照

分明是一位白昼的天使

却骑着一匹黑夜的精灵

想必刚从天外归来

迎接你

不知该献上一束朝霞似的红玫瑰

还是一捧星光般的黄玫瑰

2021年5月10日

慢慢嚼

小时候

吃饭

母亲常告诫我们

别忙

慢慢嚼

嚼出粮食的香味来

别糟蹋了粮食

2021年5月10日

仙女与蚯蚓

她说

读了你写天空的诗

我好几天都像腾云驾雾似的飘行在天上

他说

我还有写土地的诗

读了你会不会变成蚯蚓

在地下钻来钻去

2021 年 5 月 11 日

天　桥

钢铁之掌把我举起来

在一个适当的高度悬停

眼下一条怪河

东西各半

南北分流

不见波涛汹涌

只见鱼群奔游

伸出手想抓住点什么

只有冷风嗖嗖

穿过指缝

2021年5月15日

老榆树

它在时

那庄子是个腼腆的村姑

衣衫破旧

但穿得严严实实

它不在时

那庄子是个放浪的村妇

衣装时尚

但裸露太多

2021 年 5 月 26 日

根雕者

他坚信
每棵死去的树
都有不灭的灵魂
藏身于枯根里
等着转世
成新的生命
等着他去超度

2021年6月18日

草地一瞬

那只蝴蝶仿佛下决心

要勾引那朵虞美人和自己私奔

它优雅地扇动那双炫目的翅膀

极力吸引花的注意

花在风中每一点头

它都一阵欢欣

但花更多是摇头

它落上花蕊

合上了翅膀

迁就着花的任性

2021年7月4日

金边堡

女真铁骑疾风般过去了

蒙古大军骤雨般过去了

都过去了

莽原空旷如初

野草净绿依旧

一溜儿土堡遗痕

隐隐约约

成了某段历史后面的删节号

2021年8月8日

鸣 镝

1

一生只唱一支歌，
只唱一次。
唱得刀剑热血沸腾，
灵魂流落荒草。
当你再看到我时，
我仍然像是在唱，
只是喉咙已锈死了千年。

2

一飞冲入云霄，
但不是为了飞翔而飞翔。

叫声锐利嘹亮，

但不是为了歌唱而歌唱。

如果有一天

一个孩子在荒野中拾得了我，

但愿他只当是捡到一个奇怪的哨子，

放在嘴边吹一吹，

或许还会发出一缕清悠的响声。

2021年8月9日

人生戏剧

人生如戏

只是许多人终其一生

都不知道自己入的是什么戏

扮的是什么角色

2021年8月18日

秋　象

1. 财宝

亿万吨的黄金

从天上倾倒下来

亿万斛的珍珠翡翠玛瑙玉石

从地上生长出来

大自然赐给人们的财宝数不胜数

人们却仍然一贫如洗

2. 秋虫

顶着星星

它们遍地合唱

唱得我周身骨缝疼

2021年8月21日

走入一棵大树

睡梦中恍然走入一棵大树
在它年轮的旋涡里沉沉浮浮
终于游到了边缘处
拽住岸上的树枝做片刻歇息
丛林的那边是什么
看不清楚
只有一束夕光静静地穿过来
几片叶子被镀上了灿烂的金边

2021年10月12日

读现代诗

别指望有直溜溜的桥接你过河

有时你得泅过去

当然你得会游泳

或许还得经受水深流急的考验

有时你得从高高低低的跳石上跳过去

当然需要一定的勇气和弹跳力

还要掌握好自身的平衡

选准起落点

2021年11月14日

听马头琴曲《我有一段情》

坐在公园的长椅上

让初冬的暖阳清洗身心

如清洗一只玻璃瓶子

再让乐曲缓缓慢慢地往里流灌

灌满后从眼角溢出来

淌成一条小溪

2021年11月15日

城市河流

本打算和他谈谈

山中的泉眼、瀑布

漩涡、柳岸

泥鳅、蝌蚪的事

他却抻了抻笔挺的制服

甩给我一个冷脸

扬长而去

2021年11月25日

冬日杂咏

1. 山顶

太阳落下去之后
站在山顶的人
觉得自己越来越高大

2. 读《大辽帝国》

翻完末页
明白了
西拉木伦
那条北方的大河
为什么断流了

3. 掬

不能为你拭去眼泪

只能掬起双手

接住那些滚烫的珍珠

4. 老栎树

攥着一把皱巴巴的票子

和寒风做最后一赌

结果一夜输得精光

5. 千年老榆

用心触摸

它周身

褶皱了千年的皮肤

体会亲近古老

如亲近祖先的感觉

6. 深夜写诗

一群字词在脑神经的城区里揭竿造反

喊声入云

半夜后

我向他们递上投降书

7. 陌生的鸟

老树上落了一群陌生的鸟

我想看得清楚一些

发出声响轰动轰动

它们却默然不应

像一树坚硬的果实

2021 年 12 月 1 日

树　姿

一棵树
倾心于远方的另一棵树
它倾尽全力向对方伸展枝丫
最终倾斜成拔步将跑
展翅欲飞的姿态

2022年1月8日

心　游

一匹黑马整夜游寻

游寻在茫茫的旷野里

让黑夜更黑

在最黑处

它终于找到了

那匹白马轻轻扬起的鬃毛

2022年3月6日

春 雨

一大早
有人轻轻敲门
门一开
几枝红的白的花蕾
带着雨珠
探入门来
送花人
却只留下了一个
活泼泼跑走的背影

2022 年 3 月 30 日

不留口窍

他制作了许多坛坛罐罐一类的器具
都不留口窍
他说这些东西将大行于世

2022年4月20日

阿波罗号入侵

二十世纪六七十年代

美国人乘阿波罗号侵入月球

杀了吴刚

劫了嫦娥

砍了桂树

捉了玉兔

毁了广寒宫

月上只剩一方荒凉

这些不为人知

人们仍赏月如初

2022 年 5 月 5 日

蒲公英

不喜欢满堂儿女

围坐在自己身旁

待其长大

就给他们每人一把伞

赶出家门

任其四处漂泊

不许再回来

2022年5月16日

静默的日子

1

躺在南窗下的木榻上

看雨后的天空

无穷的蓝

不羁的白

张开四肢

等着长出翎羽来

2

我知道那只金毛羊在哪

其实谁都知道

它每天都从大家身边走过

只是没人

薅得一根金毛

3

雨后

一道壮丽的霓虹呈现眼前

甚至就跨在楼与楼之间

只顾惊呆于它那神奇的美

竟没一个人奔上去走一走

过后却幻想

我与她

她与我之间

也该有这么一道桥

2022年6月13日

斧上霜

腊月

清晨

好奇

伸舌去舔

屋外斧头上的白霜

舌尖被粘掉了一层皮

热辣辣地疼

2022年6月30日

白音敖包古云杉

1

每一棵
都是一座生长着的教堂
执着的尖顶
直寻天意的本真

2

一棵棵拔地而起直冲云霄
我在树下弯腰捡拾松果

3

一棵树倒下很久了
两边的树
依旧侧着身子
为它保留着位置

2022年7月27日

博物馆文物

历史老人
指甲缝里残存下来的
些许渣屑
被珍藏在玻璃柜里
供今人
唏嘘叹息

2022年7月28日

旧　刺

那些话四十年后才说出来
就像将一根久已长入肉中的刺
剥出来
剥刺的创口
又是一番新的疼痛

2022年8月9日

那伤那城

1

有些伤

多少年之后

没留下什么疤痕

也没留下疼痛

只是在阴湿雨雪的天气里

有些痒

用手挠一挠

似乎还有些舒服的感觉

2

离得很近

举步就到

却从未举步

2022年8月9日

槐

地上看

一棵树

楼上看

一团花

这平凡的树木

也渴望你从不同的角度看看它

2022 年 8 月 15 日

杂　象

1. 山那边

小时候

四周都被山围着

常常对着那一圈高耸连绵之物呆想

山那边是什么

现在知道了

山那边也就是山那边

2. 鞋

海离我很远

山离我很近

想翻山去寻海

却没有一双称脚的鞋

3. 透明胶带

用来绷住那些
瓦雷里说的石榴般
要炸裂的脑袋
效果极佳

4. 昙花

白日里绽放的那些
只是
美丽的花朵
黑夜里绽放的才是
高贵的灵魂

5. 乌鸦

一群同款黑夹克

摇晃着尖尖的白杨树梢

比赛谁的调门挑得最高

6. 立定

有人告诉你

这个姿势最安全

也最优雅

要经常保持

2022 年 8 月 17 日

平 行

走进一片白桦林

树都很端直

挺胸抬头

努力与它们保持平行

没撑多大一会儿

就感到腰疼

2022年8月28日

垂　危

一只老鼠掉进水桶里

一阵扑腾

只剩头露在水面

可怜巴巴地看着我

我

闭上了眼睛

2022 年 8 月 28 日

簸　箕

生活是一张簸箕

你是簸箕里被颠来簸去之物

如豆子、麦子一类

颠簸你的那双手掌控着你的命运

你唯一能做的

是让自己沉实一点

别像秕糠那样

被轻易清理到簸箕之外

2022年9月20日

听木村好夫吉他曲

春阳把花蕾的密信一瓣瓣地拆开
西风把红红黄黄的秋思一片片地摘下来
游子把乡愁一珠珠地滴湿衣襟
无眠者深夜里听大雁的翅膀
一声声地向南拍

2022年9月22日

只言片语

1

有人打碎了一个坛子
扔进垃圾堆
有人又把它粘合起来
摆在供桌上

2

那些尖锐锋利的东西
都是渴血的
肉身们
离它们远点

3

自家园子里
开的尽是香花
别人园子里
长的都是毒草

4

不要以为坐到山对面
山就是你的知音
它恐怕连看都不看你一眼
它早已阅尽人间

2022年10月2日

回　音

站在儿时大呼大叫

听回音取乐的崖壁前

想再亮亮嗓子

可张了几次嘴都没发出声来

2022年11月18日

不像个故事

某人听说山那边出产美酒
就拉了一车坛子前去购买
不料山路太坎坷
翻过山之后
满车坛子都颠成了碎片

有人说这故事好无趣
我也说这故事无趣得不像个故事

2022 年 12 月 10 日

星空之下

每棵云杉

都尽力地拔高尖梢

去夜空的深处

亲近属于自己的那颗星星

2023年1月4日

读贾岛《寻隐者不遇》

进山寻隐者

其实是寻你自己

童子没告诉你隐者去处

怕你在云雾中失踪

2023 年 2 月 6 日

每　次

诗的每次写作

都是孔雀开屏

都是一次美的追比

都要把最美好的翎羽抖开

每一支都要光彩夺目

每次展示都不轻易

每一次都是一场强刺激

2023 年 2 月 24 日

星　面

每到夜晚

汉字就张开翅膀

飞升入空

变成满天的星星

一个个面庞依旧亲切

依旧熟悉

我却只能叫出它们中

很少几个名字

2023年2月25日

读自己的诗

赶紧捂上脸

我写的吗

瞪大了眼睛

我写的吗

2023 年 3 月 5 日

惊　蛰

红的绿的蓝的黑的眼睛

都将睁开

明天，有许多光亮的东西

拱出地面

你一点儿都不用奇怪

2023 年 3 月 7 日

功　能

1. 食指

一种新功能
正广为发挥——
压住嘴唇
嘘——

2. 葵秆

头颅都被取走了，
还站在地里候着太阳。

3. 爷孙

爷爷举着孙子，

够树梢头最后一枚果子。

4. 川剧变脸

艺术来源于生活，

这话一点儿不假。

2023年4月6日

文　字

在它们中间

大半辈子

寻找知音

却顶多算是

和一群人

混了个脸熟

2023年4月24日

花卉三首

1. 苦麻子花

或许那些常低头走路的人

能看见你

从人行道的砖缝里

露出天真稚气的小脸

笑盈盈地瞅着这个陌生的世界

而金黄金黄的笑意

说不定会被哪只大脚瞬间踩碎

2. 最后的一朵荷花

虽然有人说

笑到最后

才是笑得最好看的

但问题是

谁会有耐心

等着看你最后的笑容

3. 杏花

满园的红粉

敌不过断崖上

斜斜的一枝

2023年4月23日

尾 巴

使劲把自己的根

拔离了泥土

却不知什么时候

它竟变成了尾巴

一旦着地

就又生出须根来

2023年5月12日

打破碗花

老祖母说
见了野地里爬着长长的蔓
举着白粉色小喇叭的花
别摘
摘了吃饭时会把碗打了
没了吃饭用的家什

摘花和打碗有什么关系呢
不知道
不过我真的没敢摘过这小野花

2023年6月11日

秋日读诗

1. 茨维塔耶娃

一块总是通红着的铁

触着就烙得人冒烟

2. 弗罗斯特

领你参观完田园风光之后

就坐下来絮叨

他参悟到的人生哲理

陈糠旧谷子

你得耐住性子听

他不厌其烦

2023年9月4日

李商隐的意象

1. 柳条

东风里折取一枝
挥舞为鞭
策青春之马
作陌上翩翩游

西风中折取一枝
只剩几叶枯黄
回首一生
与此很像

2. 蜡烛

燃成了烟灰
又变成飞蛾
向另一朵焰火扑去

3. 冬青树

一棵冬青树多次闯入梦里
呼唤你到山中和他同住
他不知道你是苦命的蜡烛
每滴泪都得变成烟灰
在人间白白耗费掉

2023 年 9 月 8 日

短镜头

1. 春风起

一棵新柳扬起满头金丝

一位少女飘开一头秀发

谁模仿谁呢

2. 秋果熟

一位老奶奶仰脸

看着苹果树梢头几枚红红硕硕的果子

微微地笑着

3. 夕光里

坐在山中黄昏的柔光里

觉得自己仿佛是

琥珀里一只小小的虫子

2023年9月10日

黎　明

青苹果

青红苹果

红苹果

金苹果

金红苹果

2023 年 9 月 16 日

敌　我

有我就有敌

有敌就有我

别一说敌我

就不共戴天你死我活

我和敌

都有存在的理由和权力

2023年10月5日

满　意

头上
是不知多么久远的天
脚下
是不知多么古老的地
此刻
是的　此刻
能站在它们之间
我已心满意足

2023 年 10 月 15 日

大海与孩子

大海被惹怒了

他驱使狂涛

一次又一次地向孩子扑来

可岸上的孩子

依然乐呵呵地往海里抛掷着石子

2023 年 10 月 18 日

红山石斧

试一试它的刃口

想象五千年前的先民

握在手里

砍一棵树

或剁一头野鹿的骨架

得花多大功夫

想着都累

于是又把它放回木盒子里

2023年10月20日

深　秋

1. 天

嘹亮的蓝

像男高音彻底放开了喉咙

歌声越飙越高远

2. 山

诗人要进入炉火纯青的境界

精心焠炼着自己的诗篇

大幅删减着赘余的意象和

繁复的语言

2023年10月27日

海伦的战争

几乎每个男人心中

都有一个被人拐走的海伦

但真正为争夺海伦发生的战争

只有特洛伊一次

2023 年 11 月 21 日

暗　处

老人说

如果你独行山中

觉得头皮发奓

那定是有狼

在暗处

跟踪你

2023年11月22日

贫 乏

正为想象力贫乏感到苦恼
一场大雪不期来到
眼里心里是无穷无尽的白
只有几只马鹿出现在高高的山脊上
在齐腰深的雪里刨食枯草

2023年12月15日

词　语

有些因被过度使用而残损

有些因被某些人专用而镀了金

有些因很少被使用而生了锈

有些因不再被使用而入了土

有些被重新拼接而变旧为新

有些刚被锻造出来正热气腾腾

而"被"这个词就是残损的一个

像刀剑残损的部分

大都被剁入肉质、骨质或木质的物体中

2023 年 12 月 17 日

闪　思

1. 地平线

哪有所谓的地平线或天际线
那只不过是某个人视野的边沿

2. 村边

一棵老榆红布缠身
对乡民们来说
神不在高远的庙堂里
只在身边
哪怕他只是一棵老树

3. 红山

一堆烧了千万年的红炭火

你我仅是片刻烤过火的人

2024年1月15日

甲辰年正月初二过西拉木伦河

大河上下一片洁净的白光

多么宽阔的慈祥

想象千年前南征归来的契丹战士

满面风尘

甲衣破旧

乡思软糯了的双膝

直想扑通一声跪下来

朝着冰面

磕几个响头

2024年2月11日

118

余 年

1

一张稿纸只剩最后几行空格了
搜肠刮肚踅摸几个沉实的句子
好压住纸脚
却仍没有找到

2

能像河谷里的鹅卵石这样囫囵着
在岁月的水流中
把自己的花纹冲洗出来
就不错了
多少高山顶上的巨石

都已风化成了粉末

2024年3月27日

古潢水

看着它蛮荒奋勇

泥沙俱下

浩荡奔流的样子

我觉得自己活得太怯懦卑微

2024年4月4日

相 宜

醒来时
清凉的晨风将杏花甜甜的香味
麻雀叽叽喳喳的叫声送进窗来
揉揉眼睛
双手用力地摩挲了几遍脸颊
像是要将平那些皱巴巴的波纹
为又一个春日准备好相宜的面容

2024年4月13日

愚公移山

愚公想移走

天神帮着移走的

那两座山

现在在哪里

是不是又挡在了别人的门前

2024 年 5 月 10 日

第二辑

情怀耿耿

黄山夜遇

湿漉漉的夜。

一家小店里，

摆出两坛自己背来的蒙古王，

痛饮。

招来一群山花野朵，

笑盈盈攒满门窗。

"买笋干吧！"

"买蘑菇吧！"

"买茶叶吧！"

"买！

谁干了这杯酒，

就买谁的！"

把斟满了的杯子往前一端，

突然，

哄的一声散去，

笑声哗哗，

一直往竹林深处流去。

2004年7月12日

在草原上，与一条大黄狗猝然相遇

百灵鸟娇声欲滴，

花草香气扑鼻。

牛羊哞咩呼唤，

河水轻声细语地流去。

我刚从嚣嚷的城市逃出，

到这茫茫的草原上寻找诗意的孤寂。

此时，正在草原上乱走，

一会儿仰天，一会儿俯地，

一脚高，一脚低，

脑子里烧着几个闪闪烁烁的诗句：

"我在草原上享受孤独，

孤独是野阔天低，

一望无际。"

突然，

"呜汪，呜汪！"

啊，一条大黄狗不知何时来到我的身边，

正昂头傲慢地把我睥睨。

啊！它好高大，好威猛，

卷起的粗尾巴摇来摆去。

狡黠的黄眼神似乎早钻进了我的脑子，

对我那自鸣得意的诗句嗤之以鼻：

"呜——汪，呜——汪！

装腔作势的城里人，

无聊乏味的城里人，

你懂得什么是草原的孤寂？

你配享受草原的孤寂？

呜——汪，呜——汪！"

我的诗思立即从天上掉在地上，

摔成了一摊稀牛屎。

腿发抖，

眼发直，

不敢出大气。

我小时候有过被狗咬的经历。

正六神无主，

不知该怎样摆脱这突如其来的对峙，

这草原的卫士却不再理我，

低吼了几声，

掉头向远处跑去。

远处的蒙古包正炊烟升起，

晚霞染红了半个草地。

2008年7月2日

在草原上

我躺在这草原上，

很舒服，很放肆。

青草的甜味，

野花的香味，

泥土的腥味，

新鲜牛粪的臭味，

混合着熏我蒸我，

我有些晕。

脑子里像有什么在酝酿，

不过不是诗，

倒像是要长出一蓬草来，

开出几朵花来，

飞出几只蝴蝶来。

2012年7月15日

身在草原

身在草原，

最好躺在草里，

衔一枝笑盈盈的山丹丹，

看蚂蚱跳迪斯科，

看蝴蝶穿着时装在花间表演。

身在草原，

最好躺在草里，

让心绪结一个小小的巢儿，

孵一群快乐的诗句，

歌唱，

百灵般清亮婉转，

一会儿草里，

一会儿云间。

2012年7月18日

汲　水

用绳子把桶放进井里，

不一定就能汲上水来。

水桶浮在水面时很顽皮，

它不愿意把水灌满自己的肚子。

你得会摆弄它，

摆得它服服帖帖，

它才能一头儿扎进水里，

给你一个晃悠悠的满意。

写诗也是如此，

生活的井很深，

要让诗思之桶，

汲上甘冽之泉来，

你得谦敬地趴在井边，

耐住性子摆弄绳和桶，

水桶满了，

还要小心翼翼，

一字一句地斟酌，

慢慢往上提。

2012年9月12日

悼陈超

很远很远的地方

一座荒芜的公园

一个静静的角落

绽放着永远的白玫瑰和黑玫瑰

这里

经常举行诗歌朗诵会

咏叹一个深不见底的主题

有些与会者总是提前到达

在那里喊喊喳喳

主持人常常很晚才出场

突然

中间出现了一个新面孔

正以批评的眼光

冷峻地等待着诗们登台亮相

2014年11月2日

杜鹃是鸟还是花

你是悲凉的传说，

还是慈爱的土地？

你是天上的精灵，

还是地上的草木？

你是轻盈的飞翔，

还是浓烈的绽放？

你是凄迷的声音，

还是鲜艳的色彩？

你是深厚的亲情，

还是饥饿的肚肠？

春夜，

梦回故乡，

听着木石峡河开河的轰鸣，

听着你的声声布谷，

我的心如同这空荡荡的老屋，

飞不成一只鸟，

也开不成一朵花。

2015年5月1日

深山驴叫

远远近近的山

卧的卧着

站的站着

都很雄伟很苍翠

风在山间吹着

什么也吹不动

一条黑线在山下绕着

上面有几只机器甲虫在爬

一个小山村稀稀拉拉地摊着

像一盘将要下完的棋

突然

哏——嘎——

一阵驴叫裂空而来

寂寥的山野顿时一片惊慌

山丁子稠李子

被这粗野蛮横的声音吓呆

脸儿一团团地青白

瘫倒在山坡上

云杉白桦

一片喧哗

一座山顶上

冥想了一晌的诗人

也被吓了一跳

接着站起身来

一阵哈哈大笑

2015年6月7日

乡村拓片

一坡盛开的杏花

一溪清凌凌的流水

一条弯弯的山路

一片葱郁的白杨

一缕袅娜的炊烟

一地翻涌的麦浪

一抹青红的早霞

一园丰盈的瓜豆

一眼甘甜的水井

一对浑圆的酒窝

一巢叽喳喳的燕子

一只喜庆的喜鹊

一头卧着倒嚼的黄牛

一杆冒烟的烟袋

一座慈爱的草屋

一条曲折的山路

一张晃悠悠耕地的木犁

一盏忽明忽暗的油灯

一锅烀熟的玉米

一火盆烧得焦黄的山药蛋

乡村

只剩下这些记忆的拓片

2015年6月18日

树木之河

老木匠在那块巨大的榆木板上推完最后一刨子，

一条波光粼粼的河就奔淌在眼前了。

河里暗流涌动，

漩涡连连，

那些游荡的水纹，

阳光下像舞动的金蛇，

让人发晕。

"舅爷，这木纹真好看，

多像咱们的木石峡河啊！"

老木匠托起木板的一头，

乜着一只眼，

从这头眇向那头，

"一棵树就是一条河啊，孩子。"

"书上说，河都向东流到海里去了，

树往哪里流呢？"

"往天上。"

少年抬头看天，

天很远很蓝，

海就是这个样子吧，

可是天上没有一棵树的影子。

"树怎么会流到天上去呢?"

"慢慢流呗。"老木匠说。

2015年8月8日

鹿

早春，

山谷一片空寂，

只听得见自个咔嚓咔嚓砍柴的声音。

直起腰，

擦一擦汗，

突然，

我看到了它们，

就在右前方的山脊上。

两只大的擎角举头在前，

三只小的翘首在后。

都像在凝神谛听，

是听到了什么奇妙的声音？

来自天外的声音？

晴空远远地烘托着它们，

秀拔静美，

不可言说。

此时的我提刀而立，

柴刀不由自主地脱手掉在地上。

2015年8月10日

题近照

我们一同走上山冈。

秋风如酒，

醉了重峦，

醉了夕阳，

醺醺的酒红，

在天空和丛林间浮漾。

我们一同走上山冈。

你笑靥如花，

几分灿烂，

几分忧伤，

这如花的笑靥，

只应在一些故事中绽放。

我紧忙鼻翕，

嗅着这若有若无的芬芳，

好几次忍不住把手伸给你，

却都被挡了回来。

我们中间隔着一道硬朗朗的阳光。

2015年8月15日

良心？羊心？

早晨，

手机响起来，

一接，

一个侉不叽儿的声音问道：

"你还要良心吗？"

我猛地一惊：

这是哪儿来的质问？

地狱，

还是天堂？

脑子里迅即翻起了个儿，

不免有些心慌、手颤，

"我，我——"

"喂，喂——"

对方连声呼叫后：

"你还要羊心吗？

我这儿还有十二箱。"

是卖羊下水的小贩!

2015年11月12日

新 雨

下午的雪，

夜里变成了雨——

寂寥的早春的第一场雨。

二楼那家窗上的铁皮雨搭，

砰砰地响个不停，

阳台上的几道铁丝

晾衣服用的，

此时也玲琮作声。

春之神绝对是音乐大师，

随便的两样物什，

被她当作了鼓和琵琶，

奏得个激情洋溢。

想到雨过天晴，

草绿微微，

桃红点点，

我忽地从床上坐了起来，

春天来了，

我必须重新做一回自己。

2016年4月15日

展　翅

穿着宽大的风衣，

站在高高的桥上，

下面是一片浩瀚的水，

远处鸥鸟飞翔。

有风，

不很狂，

却很强劲，

吹得我襟袖飘飘。

张开双臂，

舒展地做出飞举的姿势。

突然，风一阵怒吼，

猛地掀了我一个趔趄。

风衣，

像是跟风早有合谋，

拼命拉扯，

想要我和它冲天而去。

一把抓住桥栏，

低头猫腰，

手，

一点儿也不敢放松。

2016年4月15日

小教堂与白杨树

左边楼房挨着楼房，

右边楼房挨着楼房。

它们都很大很高，

却都使劲向下，

像要捂盖什么。

只有小教堂一心好高骛远，

尖尖的虔诚直向九霄。

旁边那棵白杨树有些犹疑，

枝丫朝东西南北伸了伸，

终于收束住自己，

也将顶梢指往天空。

我走过去站在树下，

摸了摸自己的天灵盖，

没觉得魂灵还有多少拔高的可能。

2016 年 7 月 15 日

老李家的鸟

二楼的老李

养了一只鸟

什么鸟我没问

反正模样挺俊

歌唱得好听

波溜溜波溜溜地招人喜欢

每天早晨溜一圈儿回来

老李把笼子放在二楼平台桌子上

好水好食儿地喂着

还亲亲切切地逗一会儿

总之，养得很是上心

还有一群麻雀

像一帮穷亲戚

每天都来拜访

每当麻雀来了

这鸟就神气十足

在笼子里昂首挺胸

高视阔步

那派头儿

就像是住在豪宅里的贵妇人

对穷亲戚炫富

此时它啄食的样子更是有范儿

故意将嘴儿甩来甩去

把食儿甩向笼外

笼子外的那一群

早就眼巴巴地围上来

一等有这"甩来之食儿"

就叽叽喳喳地抢成一团

有几只似乎抱有非分之想

扑棱棱飞起来扑向笼子

不知是想讨得东道主的亲赐

还是想取而代之

对此"闯宫"之举

老李当然不会坐视

从窗子里喝上一声

麻雀惊飞而去

笼子里的那位却尖叫起来

像是耍起了脾气

老李赶忙出来

一番好言好语地安慰

"贱!"

一看到这一幕

我就要在心里骂上一声

不知骂的是谁

2016年7月15日

黄岗梁之夏

夕阳的巨鸟

扇动着金红浅紫的云翼

渐渐远去

夜色女郎

提着幽蓝的裙裾

缓缓走上天庭

一身珠光宝气

凉风袅袅登上前台

指挥虫子

举办音乐晚会

一只诗蛾

刚产完卵

满意地守着一群字宝宝

盼着它们快点儿爬起来

去占领每一片绿叶

2016年7月24日

草原旅游视频

1

租了一套蒙古袍、靴、帽，

还有鞭子，

爬上马背。

扬鞭催马，

唱"骏马奔驰在辽阔的草原——"

那马不奔也不驰，

只是慢吞吞往前走。

他抖缰，

磕镫，

鞭抽，

马竟然不走了，

去嗅路边的草。

2

路虎气势汹汹，

一路狂奔，

突然被几头过路的牛拦了下来，

它们慢慢悠悠，

不慌不忙，

对虎视眈眈置之不理。

虎怒吼了几声，

牛们依然很牛，

不肯快走一步。

一头还停了停，

歪脸瞅虎一眼，

抹下眼皮，

扭了扭尾巴。

2016年8月1日

一脚踹碎了一座天堂

这个天国遭了什么魔咒，

突然大难临头？

辉煌的天宇轰然破裂，

阆苑通衢顷刻沦没，

神仙的好日子烟消云散，

它的子民——蚂蚁

死伤不计其数，

幸免的那些四处奔逃。

草原边缘的沙丘上，

稀稀拉拉地长着些矮榆山杏白桦，

我来搜寻能雕刻的根材。

终于遇到一棵疤痢瘤癞的枯根，

能雕成一尊弥勒，

还是一只乌龟？

只是猛劲地踹了一脚啊，

我惊叹自己脚力的非凡，

竟轻而易举地摧毁了一座天堂。

题王家峰根雕《白云深处有人家》

男人牵回两头牛的疲惫，

迎面是老婆孩子的温馨。

一座草棚，

没有面目；

两间石屋，

满脸皱纹。

这山坳里的人家，

多像一只老迈的手掌，

张开来，

尽是厚厚的茧，

想攥，

却怎么也攥不回。

一股风揭地而起，

破空而来，

白云深处，

再也藏不住什么。

2016年8月6日

等　船

没有比梦更好的船，

能渡人过长夜之海。

但它在哪儿？

我叩问了所有码头，

都是空荡的，

难道它们都驶向了彼岸？

只好踅在一堆黑黑的汉字里，

敲敲这个，

砸砸那个，

弄出点儿动静来，

弄出点儿火星来，

安慰自己，

不知船何时才来。

2016 年 8 月 6 日

蚁 城

在一片荒野里，

一眼就相中了那块榆木根，

疤瘌瘤癞，正是雕刻的料。

使上力气，一脚踹了下来。

突然，

一大群蚂蚁仓皇涌出，

原来是个蚁窝！

捡起来一看，不免惊喜：

竟有高高低低的"楼宇"，

纵横交错的"街道"，

俨然一座雄伟的城堡。

哇！蚁城，天然之城！

磕去泥土，带回城来。

上楼前，在小区的院子里，

再敲敲磕磕，清理一番。

没想到，

又有几只蚂蚁惊奔而出，四散逃去。

心里狠狠地骂了自己一句：

"你个毁人家园的贼！"

那座蚁城最终还是摆上了我的案头，

成了我的根雕作品。

看到它的人都赞叹：

"嗬！好手艺，巧夺天工！"

2016年8月12日

傍晚，车过白音敖包

越野车温驯地驶入

柴可夫斯基的《D大调小提琴协奏曲》

低沉迷人的旋律

如充血的手指

沿着沙丘优美的曲线

激情抚摸

敖包山蓬勃亢奋

敖包河明眸闪动

云杉树玉姿亭亭

野花丛斑驳迷离

迎面扑来

又闪身躲开

十分钟后

夕阳没入了大提琴粗重的喘息

暮色渐渐升起

一段陈年旧事醒了又睡去

汽车亮了大灯

悄然远离

2016年10月4日

较劲儿

咣啷啷，咣啷啷，

深更半夜，

街上，

一个十六七岁的少年，

在耍一个空易拉罐。

盘，颠，踢，抢，

脚法娴熟，

不像是发泄，

也不像百无聊赖，

倒像跟一个势均力敌的对手，

较劲儿，

全神贯注，

寸步不让，

咣啷啷，咣啷啷。

2016年10月11日

十粒芸豆

五个姐姐，

四个妹妹，

和我，这个弟弟。

在父亲去世十八年后，

在母亲去世两年后，

又聚到了一起，

像十粒芸豆，

十粒已不再饱满圆活的芸豆。

你亲亲地摸摸我，

我亲亲地蹭蹭你，

我们是亲亲的一家人，

亲亲的一家人，

却再也攀不上那棵养育了我们的豆秧，

再也回不到那个捧大了我们的豆荚，

现在，

现在，

我们已是十粒蹦散了的芸豆啊！

2016年10月12日

坠　落

梦里在爬一座悬崖

这悬崖并不陌生

就在老家的西山上

叫摩天崖

没听说谁爬上过

悬崖上并开着两朵花

两朵玫瑰花

一朵金黄

一朵火红

就要爬到花前

伸手去摘

一脚踩空

急坠直下

直下

直下

猛醒时
坠落在了老屋的土炕上
心惊肉跳
汗流满面
屋外传来咯嗒嗒咯嗒嗒的叫声
一只母鸡刚下完蛋
离开鸡窝
正在自鸣得意

2016年11月14日

给挪威诗人豪格

你莫名其妙地说自己是中国人，

你的前生前世在中国。

这让我很自豪。

你还异想天开地认为，

你的诗在中国很风行，

有很多读者。

这倒让我哑然失笑，

你不知道，

在中国，

只有写诗的人写诗，

鲜有读诗的人读诗。

不过，我还是很喜欢你的天真，

至少，你的读者有我，

在中国。

2017年3月2日

乡愁的狐狸

梦神咣地关上了睡乡的大门，

他被关在了大门之外。

那诡黠的思绪嘿嘿一笑，

顿时变成了一只狐狸，

趁着遍地的月光，

奔往一个地方。

那里草木发情，

河水怀春，

黑土的子宫正孵育无数生灵。

穿过山湾里的那个小村庄，

小村子里已没了它熟悉的气息。

爬上村后那道山脊，

啊，月亮正值半空。

它蹲在岩石上，

仰望月亮，

深深地嗅它家园的味道。

2017年3月2日

夜无眠

夜半了，

灭了灯，

拉开窗帘，

夜色蓝黑色的潮水

涌进屋来，

很快将我淹没。

我脚蹬手刨，

想蹿到水面，

可是越挣扎就沉得越深。

突然有个声音喝道：

"安静！"

"放松！"

"一会儿就浮起来了！"

我平心，静气，

不一会儿果然浮出了水面。

再一会儿，

仿佛登上了一只木筏，

顺水而行，

直向夜深处漂去。

夜海上布满了黑漆之花，

朵朵绽放有声。

2017年4月16日

井 水

和她对一会儿眼神儿

心就会清亮许多

用辘轳摇上来

晃悠悠挑回家

咕咚咚一碗灌下去

一甜到脚跟儿

水龙头拧开

哗哗哗地淌

听着总有些心惊肉跳

像是自个儿被人在强行放血

2017年5月2日

永远怒放

——题红山文化展览馆藏红山交媾石人

不用关关雎鸠传情达意

不用蒹葭丛中苦苦寻访

也不用城隅里捉迷藏

就这样赤裸裸

就这样火烈烈

就这样肆无忌惮

势不可当地投入对方

如山泉迸流

如花朵怒放

五千多岁月淤埋

有什么不会腐烂如泥

唯有这般物事依然新鲜得和原来一样

2017年6月3日

和一座山交朋友

如果能和一座山交上朋友

那可是你三生有幸

他是那种最实在的朋友

从不向你发出邀请

却随时盛情相迎

去时就骑一辆单车

当然最好是步行

开着豪华轿车招摇而至

他会皱一皱眉头

但他对人宽和

不会把不待见写上面容

到他那里不必在意行装打扮

旧衣旧鞋旧背包

才让他觉得你是率性而来

不是什么刻意专程

去时也不用带什么礼品

只需一份真纯一份轻松

携亲带友当然可以

但是人不要太多

尤其是那些记性不济好丢三落四

热情过度好揪拉攀折的家伙

最好不要领

他款待你时不会寒暄客套

迎面就是峭崖飞瀑

绿树鲜花

清风鸟鸣

黄叶翩翩

白雪盈盈

一日三餐自然有的是各色山珍

清淡爽口

还能治你的胃病

夜晚又请你欣赏天上群星联欢

向你介绍各路的大牌明星

离开时他也不依依难舍

只派一片白云挥手送行

2017年10月12日

王维的胡须

真好，

拿朝廷的俸禄，

（不拿白不拿）

在蓝田的松荫下，

养自己隐者的胡须，

养成千年藤蔓，

供后世小儿攀爬玩耍。

玩腻了，

再去江畔池塘边，

把秋风刮来的老杜的屋上茅

抱到竹林里去乱扔，

教那老弱多病的家伙

追不得呼不得哭不得，

回去眼巴巴瞅着屋顶漏雨，

好多喊几遍"安得广厦千万间——"

也声长千年。

2017年10月12日

冬　豹

迈着凛冽的脚步

威武

傲慢

盘桓于荒凉的北方

千山万壑

茫茫原野

都耸动着它褐杂的毛发

忽地一阵怒吼

山河失色

一片煞白

缓缓卧下

山坡上

呼呼睡去

青草在它凌厉的指爪间

悄悄发芽

2018年1月15日

冬夜寒鸦

夜色一定是乌鸦的战旗

哗啦啦插上了城市的高楼

飞行大军

紧随着来临

它们啦啦啦呐喊着

盘旋俯冲

俯冲盘旋

发射黑光诅咒

追击汽车

吓得它们屁股通红

狼狈逃窜

随后占据行道树

倾泻稀屎

向占领地表示白色的蔑视

深夜

我酒气熏天

热腾腾走出酒店

这些胜利者

正黑压压

堆在树上

悄无声息

就着路灯取暖

2018年7月10日

追 捉

——给 S

最近

总有一束光在跟随着我

仿佛从阴云的缝隙中

热烈地投射

如果我是一棵绿杨树

会不会所有的叶子都变成了金亮的蝶

翩舞起来

如果我是一只瓢虫

会不会就像一枚红宝石

在颤颤的草尖儿上

猛地晶莹起来

但我只是一堆碎玻璃

闪闪烁烁

唉　碎玻璃

也躲不过光的追捉

2018年9月10日

五千岁的童年

它太小了，

比核桃还小。

装不下几颗黄豆，

也装不下几捏儿黍米。

"一定是他，

那个陶工，

一个顽皮的家伙，

在做了一溜儿提水煮粥用的陶罐陶鬲之后，

将剩下的小小一块儿泥巴，

随便地在掌心里团了团，

用食指顶个坑儿，

转几下，捏几下，

——就像我们小时候玩尿泥那样——

放进窑里，

和那些大个头一起烧，

出了窑，

留着自己把玩。

"这难道不是祭神用的器物?"

馆主轻轻地将小罐儿顶在食指上，

转了几转：

"其实人离神并不遥远，

真正的神就是人的天真。"

2018年10月4日

重阳登楼

上一层，上一层，再上一层，

岁岁重阳，今又重阳，

今又重阳，不去登山，我要登楼。

拽着扶手，捶着膝盖，我登，我爬，

气喘得快要窒息，心跳得要跃出喉咙，

终于置身十八层之上，

腿软如泥，汗透背颈。

楼顶没有茱萸，甚至没一棵小草，

更没有七朋八友递上一杯酒。

只有凛凛秋风扑面而来，

只有匆匆浮云擦过头顶。

远处依然是高楼，高楼，一楼高过一楼。

再远处应该是山，灰灰一抹，

只在若有若无中。

再望晴空，真的一碧如洗，

太阳光旋转着，从亮晃晃处伸下来，

如一道道旋梯，

可我再无力气攀爬，只能喘着粗气，

迎迎西风，送送白云，赏赏掉落一地的秋景。

2018年10月17日

退　休

从一个圆圆的甲子转出来后，
仿佛结束了一次漫漫的长途旅行。
豁然间走到了出站口，
抑或来到了一个新的码头，
回头看来路，早已烟云浩渺，模糊不清。
是该歇歇了，美美地睡上一觉，
醒了后再去想：
走不走？往哪儿走？怎么走？
说不定答案就在梦中。

2018年10月18日

齐　飞

雪后，响晴，天蓝得养眼。

河畔景观林中，突然飞起

一只乌鸦和一只喜鹊。

乌鸦在上，喜鹊在下，

在一片旷野和一群楼宇间

忽高忽低，忽疾忽徐，

时而俯冲，时而盘旋，

一个喳喳地叫几声，

一个嘎嘎地和几声，

飞行表演般地做比翼齐飞。

这罕见的景象吸引很多人驻足观看，

做各种各样的猜想评说。

一个诗人吟道：

"喜鹊羡慕乌鸦的纯黑一色，

乌鸦喜欢喜鹊的黑白分明。"

这时，一群乌鸦黑压压地飞过来，

啦啦地一片呼叫，

那只乌鸦随之而去。

喜鹊打了个旋儿，落在一棵槐树上，

朝天嘎嘎了几声，

过了一会儿，扑啦啦飞起来，

飞回了景观林。

2018年11月17日

神 鸟

乌鸦是神鸟，

它们来自宇宙黑洞，

又在太阳中主宰过论坛，

神话中称之为日乌，

它们通体都是神意，

绝无仅有的纯黑一色恰好证明这一点。

但人间百姓不知道它们的辉煌出处，

颇为不敬地称之为乌鸦，甚至黑老鸹，

老是高声聒噪的意思。

总好发号施令，

因为认为自己代表天意，

绝对正确，

不容置疑，

所以叫起来肆无忌惮。

每当它们嘎嘎一叫，

百鸟噤声。

它们好集会，

乌压压一片，

铺天盖地。

所有的光彩，

在它们面前都黯然失色。

它们企图占领所有的城市和乡村，

让每个制高点上都笼罩着它们黑暗的意念。

黑夜自然是它们独占的道场，

平常人等不得随便靠近。

街两边的白稀屎是这些统治者给人的告示：

我们是神的使者，

敬奉我们才是天经地义。

2018年11月29日

母鸡下蛋

最近诗思敏捷，
几乎每天都有新作。
老婆说："母鸡蛋茬子供上了，
下蛋就勤。"
诗写出来，自鸣得意。
高声地朗诵两遍。
老婆说："母鸡下了蛋总是咯嗒一阵子。"
我觉得她才是真诗人！

2018 年 12 月 20 日

冬至前盼冬天

冬已过半，冬天真的来了吗？

我讨厌眼前这还能见得到飞蝇的冬天，

这温水煮青蛙一样的冬天，

这宜人如各种美妙谎言的冬天。

我怀念那锋利的刀子一样刺向人脸，

却让人机灵警醒的冬天；

那犀利的钢鞭一样抽人，

却教人精神抖擞的冬天；

那千山万壑旷野林莽都白毛竦动的冬天；

那西北风虎吼狼嚎席卷川原的冬天；

那河冰土地都冻得砰砰开裂的冬天；

那大树枝丫都冷得嘎嘎折断的冬天；

那低矮的茅屋都让厚厚的雪被覆盖的冬天。

那羊皮袄狗皮帽子麻绳腰带毡疙瘩头，

呼气成霜却逆风而行的冬天；

那划着冰车风驰电掣去上学的冬天；

那凿开冰窟窿用粪箕子捞鱼的冬天；

那守着红红的火盆喝六十五度老白干的冬天。

冬至，冬至，冬仍未至，

更别说到了极点。

希腊诗人卡瓦菲斯写一个文明邦国无力治国，

举国出城迎接野蛮人的到来，

我则手搭凉棚抬起脚来远望，

冬天，冬天，冷酷野蛮而真正的冬天，

你到底来还是不来?!

                          2018年12月19日

不那么重要

把写诗当作千秋之大业、不朽之盛事，

是非常可笑的。

想让诗成为天坠陨石、地上金玉、海中珍珠

　价值惊人，

也同样是可笑的。

对诗人来说，写诗就像公鸡打鸣、母鸡下蛋、

　果树开花结果一样，

是再自然不过的事。

至于诗作能否流传，同样自然而然，

太阳不关心自己的光能照多久多远，

发光只是其本能。

草本不考虑自己的枯荣，

枯与荣都是生命的正常延续。

诗人只管写好你的诗，

率性而为也好，殚精竭虑也罢，都随天顺性，

无论成了舍利子，还是泥土尘埃，

都无所谓，因为那都是天意，命中注定！

2018年12月20日

鸟儿飞起的地方

蹚行在春夏的草地上

常常会有鸟儿突然扑棱棱飞起

遇到这种情况

请你谨慎前行

说不定小小的鸟巢就在眼前

鸟巢里说不定有鸟蛋或刚孵出的幼雏

这是鸟儿的家

请你不要贸然闯入

捡起鸟蛋触动雏鸟

哪怕只是因为喜欢或好奇

哪怕只是拿起又放下

被人动过的鸟蛋和雏鸟常常被父母遗弃

因为沾上了人的气息

草地上有鸟儿飞起的地方

你最好不要前去

你的气息是最不受鸟儿欢迎的气息

2019年1月16日

狼　嚎

夜空像注满了蓝黑墨水，

无边无底。

星星硕大，如碗如盘，

亮而近，仿佛随时会滑落下来。

一声长嚎，

猛地从黑黝黝的山影高处响起，

苍苍凉凉，

贯耳惊心。

我不是出来望星空，

而是撒尿，

正畅快淋漓，

突闻此声，

禁不住打了几个冷战，

撒腿跑回毡房。

若干年后，

我写诗，

用诗表达灵魂的叫声，

才想到，

真该再有几次，

在那样的夜晚，

站在大兴安岭脚下的草原上，

静静地听一听狼嚎，

不是为了撒尿。

2019年2月27日

惊　蛰

每缕风都叫人有些心动神移，

像初恋的少女在你脸旁呵出清甜的气息；

每朵蓓蕾都攥着小小的拳头，

顽皮地让你猜她即将绽放的是什么样的谜底；

每树柳线都在梳理着纷纷的头绪，

准备为自己织一件金晃晃的嫁衣；

每一棵小草都已把锥芒磨得非常锐利，

冷不丁冒出来给你个逼眼的惊喜；

每只虫每条蛇都睁开了眼睛活动着身体，

回到地上受不受人们的欢迎不是它们考虑的问题；

脚下的土地像是就要发酵的面团，

暄暄软软直弹你的脚底；

河面上的冰层已绷不住那张冷脸，

噗噗地笑着跌落下去和流水嬉戏；

这时候你最好到野外去张开双臂跑上一气，

或者放一只纸鸢飞得高高低低，

再不就仰脸朝天目送一朵白云远去。

此时此刻你本来无思无想无悲无喜，

只是眼角没来由地有些酸有些湿，

抬起手轻轻地揉一揉擦一擦然后转身回去。

2019年3月6日

出 发

一位朋友曾向我提议:

"暑假咱俩背上行囊,

去西拉木伦源头,

然后从那里出发,

沿河东行,

边赏河谷风光,

边考察契丹古迹,

直到入海口,

好吗?"

我惊讶他的异想天开,

笑着说:"你在做梦吧?"

三十年后,

这异想天开的设想成行了,

是在昨天夜间的梦中。

2019年3月10日

九妹家的田园

木希戛河刚刚融通

在黑黑地流

一只老鸹守着自己白杨树上的窝

在黑黑地唱

一大片土地袒裸着

在黑黑地等着怀孕

小草从河边微微地绿过来

柳枝有嫩嫩的小鹅黄出来

天空高远

蓝得像烂漫的青春

我在这田野中

不知该做点儿什么

不知该有怎样的色彩

2019年4月18日

春天的红唇

周围的山还是一圈黑影，

东方却露出一抹青白。

青白徐徐阔大，

一面红旗从远远的山峦上缓缓地招展开来。

汽车奔驰，

像急于投入其麾下。

又一股殷红涌起，

和先前那片旗红拢而未合。

我惊讶地叫了一声：

"多像微笑的红唇！"

正为即将与之相吻而激动，

汽车却突然拐上一条土路，

钻入一片落叶松林

——我们此行不为"红唇"而来，

而是要"偷窥"一场雄性黑琴鸡为爱情进

行的决斗。

车停在一座小山西侧的枯黄草地上，

那"红唇"已看不见，

架好摄像机，

盯着松林边，

等着好戏上演，

不知这算是有趣还是无聊。

2019年5月9日

重　量

坐在大兴安岭的一座山上
身上的重量忽然都消失了
自己
山风
鸟声
阳光
草木气息
一样轻快
走下山来
身上渐沉
失去的那些重量重新回来

回头看刚坐过的山顶
一朵云彩正轻轻擦过

2019年6月21日

陌　生

想去一个陌生的地方

住一所陌生的房子

蹚一条陌生的河

登一座陌生的山

见一个陌生的朋友

读一位陌生的作家

认一棵陌生的树

做一件陌生的事

写一首陌生的诗

六十一岁，陌生于自己的陌生

颇像倒过来写的那个年龄

2019年6月30日

秋虫吟

秋意越来越沉了，

夜里，窗口间的风，

像冰镇过似的，颇有些凌厉了。

窗外，车声、飞机声很是噪耳，

关上窗户，躺在床上，一时难以入睡。

辗转间，突然听到虫子的叫声，

这一声，那一声，

有知了，有蝈蝈，还有其他，

细听，这声音显然不是来自窗外，

而是发于我的自身，

从自己身上的每处关节、每处孔窍响来。

噢，山上树黄了，地里庄稼收了，

可虫儿的歌儿还没有唱完，

于是就躲到我身上来了？

它们唧唧吱吱地唱着，

唱那些我熟悉的物事：

麦穗、玉米、豆角、葵花盘、月牙、人影，

唱得我翻来覆去，

唱得我浑身酸痛，

睡不成了，坐起来，

听窗外，那些路上奔的、天上飞的闹声，

竟然悦耳起来。

2019年9月21日

红山文化

——仿赫鲁伯

老师问："红山文化是什么啊?"
学生抢着举手回答:
"是咱家东面那座山。"
"是玉龙。"
"中华第一龙。"
"是石斧。"
"是马蹄形玉箍。"
知道的还不少。

娄小海的手举得最高:
"我最清楚了,
我爸就是这方面的专家,
他开了个红山文化展览馆,
还自制了好多红山文物,

什么玉猪龙啊，

玉蚕啊，

勾云佩啊，

拿到古玩市场去卖，

可赚钱了。"

2019年10月17日

白杨树实在是不平凡的

自从把中学语文课本中的一篇名文背得

    滚瓜烂熟之后，

很久没注意过白杨树了。

一天，不经意地路过一个小公园，

哗哗哗，

哗哗哗，

耳边突然传来湍急的流水声，

四下里踅摸了半天，

未见水从何来，

诧异间一仰脸，

只见一排高大的白杨树，

在风中正朝同一方向侧身甩头，

密集的叶子翻涌着银白的波涛，

发出奔腾激荡的声音，

宛如一条急流，奋勇地向远天冲去，

我真的惊呆了，嘴里不由自主地吟道：

"白杨树实在不是平凡的，我赞美白杨树！"

2019年11月4日

同一双手

那时，这双手，

能轻悠悠地把一桶水，

一桶清冽的水，

从深深的井里提上来。

现在，这手，

只能提起一支笔，

一双筷子；

喝水，也只能喝从一条管子里自己流来，

味道怪怪的水。

现在，才意识到那时能亲自将一桶水，

一桶在地下神秘地藏了千万年的水，

轻易地提上来，

是多么了不起。

2019年11月8日

西拉木伦与契丹

在你身边，

他还是个孩子，

一个调皮捣蛋、

贪玩耍坏的孩子。

有一天惹了祸，

突然失踪了，

那是你永远说不出的痛。

他失踪以后，

你就再也不肯远行，

千年的思念，

在辽阔荒原上，

干涸成一道深深的泪痕。

注：西拉木伦已在通辽断流。

2019年11月19日

诗歌疗法
——仿索雷斯库

为防失眠

在入睡前喝一杯牛奶

再服用一本诗集

等着药性发作

掰着手指头

把熟悉的那些大诗人的生平理一遍算是数羊

屈原的忠心被他的荆国之荆刺得七窟窿八眼

只好投身汨罗去清洗绝望

李白一心九天揽月

最后不得不低头到水中捞月一去不返

杜甫临终吃了一个县令送到船上的最后一顿
　　饱饭

总算没做饿死鬼

李商隐终生也没数清锦瑟到底是五十弦还是

二十五弦

苏东坡用一辈子开辟了三个旅游点

黄州　惠州　儋州

柳三变死后埋葬费还是几个妓女凑的钱

陆放翁梦中都回不了楼船夜雪瓜洲渡铁马秋风

大散关

只好衣上征尘杂酒痕细雨骑驴入剑门

才知自己只不过是一个落魄诗人

辛稼轩能躲进稻花香里听取蛙声一片

没成文天祥的文天祥已属走运

姜夔用两首小词换了个小红回家过年真算便宜

黄景仁对母亲说生他白生不如不生

龚自珍随着落红去当护花使者了

…………

白居易说"但是诗人多薄命"

我脑洞突开改为"但是诗人多没用"

数着数着就来了困了

今夜可能有一个好梦

2019年12月17日

朝着夕阳

下午四点多

下了2路公交

还须走一段路才能到家

这是一条新铺的路

一直通向西去

路面敞阔

夕阳从远处一抹浅灰淡紫的山峦上照过来

金晃晃的

寒风扑面如冷水倾泼，凛冽爽人

前方路边土丘上那棵硕大的老榆

在夕阳的透射下

突然精神焕发

心形的树冠光芒四射

蛋黄般的夕阳很快落下山去

老榆树清明硬朗的影子

投映在蓝幽幽的天幕上

苍黑的枝丫纵纵斜斜

像一篇甲骨文

或一张神秘的图笺

太阳落山了

我还行进在大地上

远远近近的楼房次递亮起灯来

其中有一柱光在等着我

2019年12月20日

牛奶是需要勤挤的

牛奶是需要勤挤的。

一个农夫养了一头奶牛，

每天能挤几十斤奶。

儿子不久就要结婚了，

婚礼之日用奶量大，

农夫想，这些天不要挤牛奶了，

攒到儿子结婚的日子一块儿挤，

好在婚礼时用。

等到儿子婚礼之日再挤牛奶，

却挤不出来了。

写诗也和挤牛奶一样，

别指望"牛奶"在"乳房"里越攒越多。

要勤写，

勤写脑袋才灵光，

脑袋灵光，

灵感才能经常光顾。

一位诗人对我说。

2019年12月30日

大好河山

童年时看山

村子周围的那些山

近的远的

一座比一座高

似乎高不可攀

看河

村东的木希戛河

很长很宽

简直波浪无边

后来返乡

眼中的山河

突然被微缩了似的

又矮又窄

让人颇感失望

但不知为什么

每当看到或听到大好河山四个字

脑海里首先出现的

还是童年时的那些河那些山

2020年1月7日

黎 明

一枚硕大无朋的苹果，

青红着，

端坐东方。

一只只光屁股汽车，

急匆匆钻进去。

这些贪吃的蛀虫！

当我赶到近前，

苹果已经腐烂。

2020年1月12日

老 井

几张小脸时常映现在水井里。

或故意绷着，看谁绷不住，先笑。

或故做鬼脸，看谁最狰狞。

童年的井水，一面大明镜，

镜子里，一圈童面花。

喜欢去挑水，

喜欢听溜斗儿随着辘轳飞转跌入水中的声音。

自己的心也成了一口井，

希望那个人也来扑通扑通地搅动。

井台上长满了荒草，

老井早已成了古董。

半夜突然醒来，

刚才梦见伏在老井边寻找自己的童颜，

一只巨大的青蛙猛地从井壁上跃入水里，咚的一声。

2020年2月5日

有的人

有的人

自己活着不想让别人活着

有的人

自己活着不管别人活着不活着

有的人

想活着无法活着

有的人

为自己活着而活着

有的人

为自己活着也为别人活着

有的人

为别人活着自己不得不活着

2020年2月14日

堆雪人的孩子

两个孩子

两个捂着口罩的孩子

在小区内的小广场上堆雪人

堆好了胖胖的身子

圆滚滚的头

接下来遇到了难题

两只眼睛下面是一只口罩呢

还是鼻子嘴

商量了半天意见未统一

不欢而去

小广场上留下了一个半张脸儿的雪人

2020 年 2 月 15 日

红鲤鱼

村东南黑砬子下的那潭水

汪在阴影里

黑黑的不知有多深

我觉得它神秘又恐怖

从没敢靠得很近

有人说曾在半夜里看见

潭里的红鲤鱼上岸吃草

也有人说确实见过红鲤鱼飞跃出水

这情景我虽未亲自见过

但我深信不疑

因为那黑黑的一潭

不知到底有多深

2020年2月24日

你不知道

你是陡崖上的神秘岩洞

岩洞里栖息的鸽子

你是云杉树笔挺的嫩尖

你是一颗亮星的硬核

一枚硬核里又苦又香的仁儿

你是小鹿刚长出来的犄角

你是初生羊羔清亮的眼神

你是少女甜甜的舌尖

舌尖上一颗鲜美的草莓

你不知道你自己有多可爱

我知道却从未对你说

2020年3月18日

白音敖包

每棵巨杉都仿佛是一座玲珑宝塔

树冠紧紧地攒起

在蓝天下收束成一个个引人神往的塔尖

不时地抬头仰望

并双手合十

心中似有一种莫名的升腾

转来转去的风在树间嗡嗡响着

如阵阵诵经声

突然一只松鼠猛地从空中跃下

吓了一跳

回过神时

正站在一棵新松前

毛茸茸的新

挺拔拔的新

香喷喷的新

少女的新

让人呼吸急促的新

看着她

才想起自己的青春

可惜那时没觉得有多美

2020年4月2日

夏日水凉，冬日水暖

那条河的水特别清特别甜

那条河夏日水凉冬日水暖

那条河的源头

在山谷里

谷中常年云气蒸腾

人们传说那里住着神仙

有人去寻那源头

去寻那神仙

回来后一脸神秘

一脸微笑

不提源头

不提神仙

只说难怪这水这么清

这么甜

这水夏日凉冬日暖

2020年4月28日

沿着木纹

我要沿着木纹逆行

像华子鱼春季洄游

回头去寻找童年

我已无力再绽放更多的花和叶

但我不想就此枯干

我要回到我的根苗

回到我的泉眼

我的蝌蚪

我的黑土

我要沿着曲折回旋的木纹

回去

那回去的路

对我来说依旧清晰

2020年4月28日

脚 印

在家乡新翻过的土地上走一走

回头看自己留下的脚印

深深地踩进黑土里

鞋底的花纹特别清晰

不禁惊讶

自己竟有如此的重量

在城市的马路上行走了多年

没回头看过自己的脚印

其实即使看

又能看到什么

2020年5月18日

喊 名

那时候

每当晚上玩得忘乎所以

天黑了还不回家

村子里就会到处响起呼叫声

狗剩铁柱石头大牛山子

此起彼伏

如今再没人喊这些名字

那喊声早都被——地埋进了土里

只看远行人

心里还记不记得

自己是一个该回家的人

2020年6月8日

伴河东行

这条河自古荒凉

但愿它继续荒凉

这条河自古流淌

也该继续流淌

我要骑一匹瘦马

带足酒水和干粮

从源头出发

伴河东行

慢慢游荡

太阳升升落落

河水时宽时窄

我在丘陵和沙窝间走走停停

时或寻找一些瓷片箭头一类旧物

但不想惊动千年前的魂灵

就这样我循着它的波光

依着它的涛声

它照着我的身影

听着我的马蹄踢踏

一路向前向前

但愿我们谁都不要中途倒下

2020年6月15日

无可献

我家北边不远处

那座建了两年的辽代历史文化博物馆

终于露出了它大方庄严的面孔

接着又看到本地电视台为其征集藏品的广告

翻拣了一下自家的几件存货

无一件可做进献的礼品

去年

红山文化博物馆在红山下建成

征集藏品

我也是如此翻腾一遍

没找出一件可献的东西

唉　历史又一次证明了我的贫乏

2020 年 8 月 2 日

肥皂泡

我们围坐在一只倒扣的大碗旁

在碗的圈足里倒上一点儿水

用肥皂片小心地研磨

然后每人一支七八寸长的芦苇秆

一头蘸着肥皂水开始吹

吹泡泡

看谁吹得最大飞得最远

看着那些光彩迷离的泡泡飘啊飘

开心极了

肥皂泡是飞不远的

很快就一个个地破灭了

但我们不悲伤

因为可以再一个接一个地吹

童年真好

2020年9月26日

有玉送人

手里攥着一块玉

一块美玉

想要送人

送给谁

自己也说不清楚

于是徘徊街头

在来往行人中物色目标

有的人行色匆匆

根本没注意我

有的人看了看我

从身边漠然走过

有的人用怪异的眼光瞅我

把我当成另类

也会遇到熟人

热情地打招呼

唠会儿嗑

但过于熟悉

还是挥手别过

手中的玉攥得发热

那个该出现的人还没碰见我

夕阳一次又一次下沉

我的玉在手里越攥越热

只好回家放进木匣里珍藏

那人或许会前来敲门找我

2020年10月10日

悄 悄

期待有一天

（或许永远没有）

我能悄悄地对你说

在那几年美妙的时光里

你是我心中偷偷供奉的女神

希望你听了这唐突的话

颇感惊讶

脸上沧桑岁月上竟溢起少女的羞红

要不就会心一笑

轻轻地点点头

最怕的是

哈哈地一阵大笑

前仰后合地说

你可真逗

2020年11月6日

枯　泉

蹲在一具枯树桩前呆呆地看，
我爱看各种各样的木纹，
现在是看树桩的年轮。
一圈一圈轮线因枯朽而显得有些零乱，
就像干涸了的泉眼留下的层层沙痕。
儿时常常到村后沙坡头小溪源头玩水，
看泉水像花朵一样绽放着涌出。
两手捧起来畅饮，
凉凉甜甜有草根的清新气息。

盯得久了树桩上的轮圈仿佛浮漾起来，
似乎在翻卷涌动，
汪成了一眼泉水，
这是不是三维立体的原因？
突然觉得口渴，

伸出手想掬起一捧，

泉水忽然退去，

依然是裂纹纷纷的年轮。

一种怎样年深日久的干渴，

瞪大了如绝望的眼神？

2020年11月27日

雪　后

两匹马在圈里吃草

一白一黑

白马嚼着草末抬头远望

雪白漫漫

一直漫进天蓝里

自己要跑出圈栏

会不会像被风刮起的一团雪沫

迅速淹没在这一片无边的白里

它低下头继续吃草

黑马也抬起头远望

这雪地太单调太无聊

该给它添点儿别的色彩

它颇有些躁动不安

想一跃蹿出圈栏

任情地撒蹄奔跑

给这苍白的纸张画一道曲曲弯弯的黑线

它嘶鸣起来

不过栏杆太高

主人也仿佛没有听见

2020年11月30日

摘苹果

第一次到采摘园摘苹果

面对满园满树红彤彤的苹果

不知该摘什么样的才好

有人说摘大个的

有人说摘中等个的

有人说摘最红的

有人说摘黄中透红的

有人说摘向阳的

有人说摘半阴半阳的

有人说摘树梢的

有人说摘半树腰的

有人说摘歪扭点儿的

有人说摘周正的

有人说多摘几棵树的

有人说挑一两棵结得好的

别人摘了好几箱

我挑来挑去

越发拿不准什么样的才真好

最后只摘了一个

2020年12月9日

大河探源

要想找到源头就得下到谷底。

要下到谷底就得滑下七十几度三千多米的沙坡。

谷底没有传说中的神龙怪蛇守护，

只见株株疤瘌瘤癞的古榆东绕西曲枝丫婆娑。

没有传说中的天鸡仙鸟翔集鸣唱，

只见成群的乌鸦盘来旋去朝人怒喝。

没有当年辽皇帝捺钵至此追熊猎虎的一点儿踪迹，

只见一片片狍鹿野猪踩下的深深蹄窝。

没有长江黄河源头那样的深旷幽远，

只有农家常用的簸箕形半圆沙坑一个。

没有泉水喷涌顿时奔流成河的壮观，

只见一脉细流从坑底渗出亮晶晶如一条小蛇。

这时你会觉得大失所望，

一条声名显赫的大河的源头竟如此卑微孱弱！

也许你还会脑洞大开突然有了疑问：

世间所谓伟人伟物的出处都异于寻常?

生来异秉神灵转世是不是仅仅史书上那么说?

2021年1月2日

抽　空

时常想抽空自己，

用种针管样的玩意儿。

抽空大脑、肠胃、血管、骨骼，

抽掉那些不知什么时候装进来的

乌七八糟的东西

变成一个洞明的玻璃瓶，

不，一截通透的玻璃管。

挂在空中

天籁也听，

地籁也听，

人籁也听。

听过不留，

依然空着，悬空。

2021年1月3日

黑琴鸡之斗

仿佛为了赶一场秘境探访，

太阳刚在东山上洇出一抹胭脂红，

他们就已将一块篮球场大小的林间空地——

黑琴鸡"斗盘"围了起来。

七八辆龙威虎势的越野，

十几门长枪短炮的窥视镜，

一群幸争乐斗的拍摄者，

围成了一个圈。

斗士们上场了，

一共五只飞临，

当然是雄性的了。

为什么是五只，

而不是四只、六只、八只？

它们两两相对，

咕咕咕地叫着，

像是古战场上的战将拼杀前的叫阵对骂。

尾翎抖开了，

白白的臀部绽成一朵白牡丹。

翅膀鼓起了，

像十字军骑士张开了黑斗篷。

颈羽耸动了，

闪耀着钢铁甲衣般的冷光。

冠子充血了，

比红宝石还鲜亮。

它们叫着，旋转着，

寻找着对方的破绽，

准备一招制胜？

接着齐齐地大吼一声"斗哇——"

飞跃而起，扑向对方。

那只落单的也并非闲汉，

也跳跃着做出拼斗的姿态，

高叫着"斗哇——"

向围观的人示威，

阻止他们再靠前，

原来它是维护场内秩序的"保安"。

再看那两对斗士

一次又一次气势汹汹地扑向对方，

"斗哇——斗哇——"

形成好看的对称图案。

而一次又一次在短兵即接的刹那又迅速分开，

彼此毫无伤害。

几十个回合之后，

它们累了？倦了？

又咕咕咕地叫着，

头对着头，

转起圈来。

车内一位常来的看客说：

"没有异性鸡来围观，它们不真斗。"

"莫不是跟人学的——假斗

——跟假摔跤、假比赛一样，

都是逗你玩的表演？"

另一看客说。

2021年1月14日

神 树

百里长的川地里

一路都能看到它们

黑棱棱的

高大粗莽

巨金刚般

守在村口路边

这些老榆树

当年熟悉它们

就像熟悉近旁村里的振山大伯铁轴大叔

那些身材壮硕

力大如牛

性情粗豪

让我又亲又敬的庄稼汉

现在

它们个个红彩缠身

真容不露

却法像威严

我不敢近前

不知该用以往的称谓招呼它们

还是也献上几尺红布奉它们为神

2021年1月24日

河 湾

小草在房前屋后拱出嫩芽

喜鹊在大杨树上吵嚷

春风刚为杏花涂完唇红

又给柳梢描上眉青

大河上时不时传来塌冰的轰响

一道黑色水流在河心破冰前行

远处冰光水色白花花一片

直晃人的眼睛

布谷鸟在林中发布通知

黑土地像发情的母牛喘着粗气

他嘴里哼着流行小曲儿

在宽敞的院子里修完播种机

拧紧了最后一颗螺钉

2021年3月17日

杖 藜

读古诗读到"杖藜徐步转斜阳"

"闲吟倚藜杖"的句子

不知藜杖是何等宝杖

甚是神往

现在知道了

古人所谓藜

就是俗称的灰灰菜

农家采来喂猪的野菜

古诗中常说的藜杖

就是以它干枯的茎秆为材

制成的民俗之物

我在荒地里很容易就找到了一棵

粗细合适

削枝去杈后拄在手里

学古诗人的样子

杖藜散步于公园郊外

体会人家心中的诗意

但总觉得它太轻飘

把我的晚年和诗心交付给它支撑

似乎缺少现实的安全感

2021年3月20日

春水流

那年，就是这个时候

柳树刚冒出鹅黄的绒芽儿，

小草刚扎出紫青的锥尖儿，

泥土腥香气扑鼻。

浑黑的河水挟着冰块，

不可一世，

满川谷的轰鸣声。

我俩坐在河边，

人手一根柳枝，

对折，对折，

一点点折碎，

不说话，

只听滔滔的河声。

2021年4月4日

送你一盒山杏仁

临别没什么好送

送你一盒山杏仁

闲着没事打打牙祭

这东西初嚼时很苦

得耐着性子

慢慢地嚼

会越嚼越香

以至于欲罢不能

吃了还想吃

但这东西有毒

不可多吃

每天二十余颗为宜

千万别贪嘴

让你中毒可不是我的本意

2021年4月18日

模　糊

一位晚辈给我发微信说，

在一本地方史志类的书上，

发现了一张照片，

照片的下边列着照片中的人的名字，

其中有我，

可是照片模糊不清，

看不出哪位是我，

问是不是真的有我，

并把照片拍照传了过来。

这是四十五六年前的事了。

我参加过一个学习班，

该是结束时照的吧。

背景是灰暗的，

影影绰绰的喇嘛庙的底层飞檐；

人影是灰暗的，

那个时代特有的衣服颜色。

在后面站着的那排人里，

从面目上仔细地寻找了好几遍，

那个二十岁的我，

竟没有找出来。

突然想起当时穿了件与众不同的上衣，

一件三开领的夹克衫。

终于从一溜儿人民服的衣领中，

把自己分辨出来了

但从那含混的面目上，

仍然看不清到底是不是我。

唉！不禁长叹一声——

在那年月里，

芸芸众生，

有几人不是面目模糊的呢？

2021年4月24日

雉鸡之歌

清早

压过此起彼伏震耳惊心的建造声

你嗷嗷的声音破空而来

这久违的荒野之音

嘹亮粗豪

肆无忌惮

我仿佛又看到你抖动着

比黎明还绚丽的翎羽

在山坡上歌唱

大兴安岭的春天

正一步一步地

爬高

2021年4月28日

刨花王冠

老木匠刨下来的一堆刨花

被孩子们一抢而光

每人都选条漂亮的匝在头上

像顶顶宝光闪闪的王冠

然后骑着柳枝马驰骋村街

再去榆树林里捉迷藏

那时候的孩子

真的个个都是自己的君王

后来他们学做仆人

一天比一天像

再后来真的做了仆人

比赛谁的仆人做得最有模样

2021 年 5 月 31 日

松荫下

在一棵几百年的云杉树的荫凉里

侧歪着身子躺下来

旁边有片金露梅亮着碎金子

一丛幼松蹿动着它们的绒毛头

一道阳光从两树间斜穿过来

像把凛凛的长剑扎在地上

突然有一种英雄感涌上心头

仿佛刚从前线巡视回来的将军

插剑暂歇于松下

倦意袭来

两眼蒙眬

渐渐向时光深处沉去

一些画面

时而清晰时而模糊

有人顽皮地用狗尾巴草搔我的脸

痒痒的

猛睁眼

一只蚂蚁正在鼻梁上试探着前行

2021年6月11日

无法重叠

我知道他一直跟随着我

在不远不近的时空之外

着一件又肥又大又破旧的黑色条绒上衣

一条瘦腿裤子

一双就要露出大拇脚趾的布鞋

纤弱苍白敏感骄傲

那个少年

我走他走

我停他停

他追不上我

我也扔不掉他

他似乎释放着一种信号

一道不可见光

告知我

在我的身心安顿处

一定有他一个小小的巢

就像拼贴画中一处空缺

总为他的主人留着

但他不急于入住

就这么不远不近地跟着

仿佛在说

现在

我们还无法重叠

2021年7月6日

狐

我们看到它时

它肯定早就看到了我们

我们放慢了车速

它也不慌不忙

它慢条斯理地朝西边的沙丘走去

不时回头瞅瞅

它渐渐走入沙丘的阴影里

一个傲慢的幽灵

遁形于诡异的传说中

过了一会儿

在沙丘的顶巅

在圆弧状的丘缘上

它竟又出现了

昂首向天

夕阳把它照成了金红的一团

2021年9月7日

暴雪过后

千山万壑都猛地坠入白日梦

莽原旷野被一床无边的棉被

捂得一声不吭

瘦小的乡村骤然变得臃肿肥胖

高大的城市不得不低头

伸手摸索着回家的路

花花草草关紧房门倒在床上蒙头大睡

树树木木把拳头攥得硬邦邦

缩进窄窄的衣袖

一位诗人走出楼

刚要放声赞美雪后美景

一团凛冽冷风

猝不及防地堵住了他的喉咙

2021年11月8日

烛　火

如果你想拿走

就拿走吧

我那积攒了一生

仍少得可怜的那点儿财物

那轻如片纸的一点儿声名

只求你把它留下

那点儿诗的灵光

那是我用一生的心血

一生的爱恨

一生的梦

点亮的一朵烛光

靠着它

我走过

还将继续走过

幽暗的长廊

风屡屡吹来

一手擎着

一手护着

步履蹒跚

烛焰摇晃

说不定什么时候

或许拐过一个墙角

一阵大风刮来

它就会熄灭

但我还是谢绝了别人

递过来的手电筒

我更信任的还是手中这弱弱的一点亮光

2021年11月22日

战栗的白臀

一阵开山炮响过之后

一只狍子

惊恐万分的狍子

从村对面陡峭的山坡上

不顾一切地俯冲而下

跌入坡底的沟渠里

又跳跃而上

直奔村子而来

直奔舅爷家敞开着的院门而来

朝着高高的草垛

一头扎进去

只把战栗着的白屁股

露在外面

一群人一哄而上

又一哄而笑

——这个顾头不顾腚的傻东西

当天晚上

人们围坐在七八个火盆旁

酒气肉香弥漫了全村

几十年过后

这一幕仍让我心里

扎刺一般地痛

2021年12月1日

陀　螺

孩子们喜欢它

是因为它旋转的样子很有趣

孩子们喜欢它

是因为用鞭子抽打它

它会不停地旋转很有趣

孩子们喜欢它

是因为自己有能力

抽打它

让它旋转它就得旋转

很有趣

2021年12月29日

死亡滋味

昨夜做了个怪梦

梦见我被大漠中的一个野蛮部族捕获

绑在木桩上

这里的人都赤身裸体

肤色金黄

所用之物也一律金黄

和茫茫大漠相映生辉

难道这世界上真有个黄金之国

一个人一手端着盘子

一手提着短剑

径直朝我走来

他面无表情

我也没觉得恐惧

他把盘子抵在我的颈窝下

把短剑举起来

猛地刺入我的咽喉

没觉得疼痛

只觉得喉咙里有凉凉咸咸的东西往肚子里流

突然一惊

醒来后嗓子里依然是凉凉咸咸的

心想

难道死亡就是这么种滋味

2022年1月4日

致曼德尔施塔姆

你想扯住河流的衣角

却被河流拽伤了手指

你想登上高山

却被山踢倒在山脚下

你想向星星倾诉衷肠

却被星星告密

你想钻探大地的轴心

却陷入马蹄践踏的烂泥里

你想做一只金翅雀

飞入天空的一束光芒

却被疾风摧折了翅膀

你想穿越时代

最终却被挑在了时代的刀尖上

2022年3月14日

白　马

曾经有一匹白马

白云一般的白马

驮我的青春

青枝嫩叶的青春

在山路上奔跑

跑累了就系在绿杨树下

树下等一个人

后来被别人骑走了

再也没回来

每当我的头上有白云驰过

就仿佛听到它亲切的嘶鸣

2022年3月21日

城南春

城南的春

不比别的方向多

也不比别的地方好

只在楼群尽处

在垃圾场的边上

杂乱的枯蒿中

一棵杏树

就一棵

斜着身子

向着空寂

伸出几枝嫩红的花苞

2022年3月31日

边走边唱

我坐在公园的长椅上吹风

很舒服的四月风

一位老人走来

边走边唱

用汉语唱了用蒙语唱

心上的人儿森吉德玛

我如今多么孤单啊

到我身边坐下

说了声

唱累了歇一会儿

歇了一会儿又站起身唱着走了

唱的是

天边有一对双星

那是我梦中的眼睛

2022年4月20日

一桌子月亮

月明之夜

在院子里放一张桌子

摆上一桌子的碗

碗里注上水

每个碗里就沉入了一座夜空

就浮起一轮月亮

再用筷子逐碗敲击

让月亮跳成一尾尾活泼泼的金鱼

嗬　这一桌子的夜空

这一桌子的金鱼

一个人同时拥有众多的月亮不是不可能

月亮变成金鱼也不是不可能

2022年5月25日

为影子负责

灯在身后
影子就长长地落在前面
灯在身前
影子就长长地拖在后面
灯的位置决定了影子的位置
但限制不了我
影子无论在前还是在后
都离不开我
我却不需要影子

我不需要影子
但影子离不开我
一想到这
就还得站着或走着
我得为影子负责

2022年7月8日

南下的白云

是受了什么诱惑

还是驱使

这些来自北方草原的绵羊

成群结队

浩浩荡荡

漫过城市和乡村

一路南下

南下南下

南方不再有草原

南方只有一个比一个大的城市

一层比一层高的楼房

城市里的草长在园林或绿地里

供人欣赏

不让羊吃

你们会被活活饿死

最后只剩一张张干巴巴的皮

它们不听劝告

继续南下

2022年7月15日

暮色相随

走下高高的兴安岭时，

暮色也跟着下了山，

而且很快就越过我们，

向周围铺展开去，

草原辽阔的绿

被罩上了一层紫金色的光辉。

四野空寂，

只有北疆风景大道，

在车前快速地向前延伸。

突然路边逆向走来两个女子，

皆着黑色长裙，

姿态娴怡，

在这迢遥的路上，

竟有女子如此徒步而行！

待我在车中讶异地回头看时，

她们已成两个迅速变小的黑点儿，

消失在一片寂寥之中。

汽车折向另一条声名卓著的公路，

暮色渐沉，

突然，

又是突然！

一阵连绵的怪叫响起，

东边的半面天上，

涌来黑压压一大片乌鸦，

路边高高的输电线

顿时落满了沉重的逗号，

司机加快车速离开，

我则心中充满了狐疑：

那向草原寂寥的暮色里走去的两位黑衣女子，

和这惊人的鸦阵是否有什么关系？

2022年8月6日

九 月

沿着那条小路前行

走不多远

就会踩到冰凌

冰凌将查封河沿

河中的流水会越来越瘦

你没在路上

你在楼上

在楼上眺望九月深处

那里山峦起伏

沟壑纵横

卧满了斑斓的豹子和老虎

它们不会犯人

你尽管安居你的高楼

2022 年 9 月 17 日

颈椎病

颈椎出了毛病

后脖颈酸疼

低头抬头间

整个脖子发出吓人的嘎嘎声

医生说你低头的时间太长了

经常做一个动作

可以缓解病症

靠着一面垂直的墙

或一棵笔直的树

紧收下颏

拔直脖颈

想象着努力向上生长

长长长

长得参天入云

听完后我扑哧一声笑了

心里想

这医生哪是在给我治病

分明是在说自己的病

一种理想人生病

2022年10月4日

拯　救

把酒从瓶子里救出去

把公主从城堡里救出去

把疼痛从骨子里救出去

把火焰从地穴里救出去

把文字从蛊惑里救出去

堂吉诃德大败于风车

夸父渴死在逐日的路上

英雄们啊

英雄们都昏睡在历史的腋窝里

听不见喊声

2022年11月13日

演　说

他义愤填膺地批驳了某些说法

慷慨激昂地阐明了自己的观点

然后再一次强调

请大家一定要相信我的话

又恳切忠告

年轻人

一定要有自己的头脑

不管别人说什么

都不要轻易相信

一定要有自己独立的思考

2022 年 11 月 29 日

八根柴

多丑的蜘蛛啊

黄豆粒大的身子

却弓着八条细柴般的长腿

就叫它八根柴吧

孩子逮住了一只正高蹈疾行的八根柴

先卸掉它倒数第二列的两条腿

看它六条腿怎么爬

再卸掉它正数第二列的两条腿

看它四条腿怎么爬

再卸掉它两条后腿

看它只剩两条前腿怎么爬

最后卸掉它两条前腿

看它没了腿还怎么爬

直到觉得没了意思

孩子撒腿跑开

去寻找别的乐趣

2023年1月19日

牛　性

一个人的命里应该养着一头牛

草食

与其他动物无害无争

睁大眼睛

看破许多世事

但默然无语

目光纯善

不藏敌意

脖颈倔强

可以被套上鞅子负重前行

但决不为威逼压迫而低头

犄角坚利

不轻易伤人

万不得已也会奋力出击

击则锐不可当

低调

偶尔哞叫

呼唤同伴或表达喜悦

不哗众取宠

更不耸人听闻

沉稳慢悠

不学骏马奔驰

每脚踩下去

都是一个深深的蹄窝

如果有人说你很牛

你不要高兴

那可能是讽刺你太倔强

也不用气恼

那可能是赞美

你有特殊才能

但无论如何

你的生命里

该有头牛

2023 年 1 月 19 日

布谷鸟

杨枝柳条都憋得深青，

桃苞杏蕾都涨得血红，

黑土地油光闪闪，

呼吸急促而沉重，

小草咬破地皮，

河水挟冰奔涌，

风整日冲着撞着，

像是有劲儿没处使的蛮牛，

一个小伙子在田里乱走，

一股子气儿撞得他筋骨血肉生疼。

布谷布谷，

布谷鸟在川原上飞来飞去，

一声声地啼唤，

这天真的鸟儿，

是不是以为布了谷，

就为万物的膨胀，

找到了喷发的出口？

2023年3月29日

城中荒地

蒿子比草高

芦苇比蒿子高

榆毛毛比芦苇高

占领了一个个土包

野鸡嗷嗷和车笛争鸣

乌鸦和喜鹊群对群吵闹

虫蛇鼠兔之类也定不会少

不然怎么会有鹞鹰在空中悬停

突然俯冲

猛地扎入草丛

路过的人都投来质询的目光

为啥不建住宅楼

为啥不建超市

为啥不建公园

为啥不建游乐场

开出来种菜也行啊

城里人眼中容不得荒地

见了荒地

心里发慌

2023年4月30日

我们和泥土

曾和尿泥捏小人儿

捏牛马羊过家家玩

曾踩蹚在暄软的土地里

让泥土灌满鞋窝

曾一屁股坐在田边地头上歇息

甚至躺下来打盹

直到被蚂蚁爬到脸上搔醒

曾扔下手里的锄头镰刀铁锹

抓起窝头粗面饼就狼吞虎咽

顾不上或没法子洗手

后来

挤进了水泥的方壳子

在沥青的大道上穿行

即使偶尔走过一段土路

也得使劲儿跺跺脚

震掉沾在鞋上那星星点点的泥土

在公园的长椅上坐一坐

起身时也要拍打拍打衣裳

再不会去俯身察看泥土的颜色

更不会捧起一捧嗅一嗅泥土的味道

我们的衣衫太光鲜整洁

我们的鞋袜太干净

泥土在我们眼中成了肮脏之物

我们嫌恶地挣脱了土地慈爱的手

使劲儿拔了自己的根

以成为浮游生物为傲

现在

我们飘飞着

多像好看的肥皂泡

2023 年 5 月 10 日

猎　手

那些词语的小精灵

夜间才真正活跃起来

有的在树梢间跳来荡去

如金丝猴

有的贴地溜窜

如老鼠

有的在水里嬉闹

如水獭

我在更暗的地方窥伺它们

瞅机会下手

但它们知道我是一个笨猎手

十扑九空

于是玩得肆无忌惮

没把我放在眼中

2023年6月3日

偏　光

草原上已无奔腾的马群
只有那些低矮的丘峦
还保留着奔跑的姿态

夜深
当压轴的歌手——月亮
登上台心时
台下早已没了观众

牛羊远远地躲开狼毒花那
一丛丛一片片的娇红嫩白
衣裙鲜艳的游客们
却来和它们媲美

2023年6月14日

对 光

我在搜肠刮肚地寻找一个恰切的词语
老婆正翻箱倒柜寻找她记忆中的一件旧衣服

天上的飞机和草地里的虫子
争吵起来

一只瓢虫在一张荷叶上张翅敛翅
自顾自地大红大紫

2023年6月21日

逆　光

爱尔兰诗人希尼说他曾造访过良心共和国

它坐落在一个偏远荒寂的岛上

——去时乘坐的是一架小型螺旋桨飞机

这就是说

去往那里没有大型交通工具

能去的也只是极少数几个人

他说那个岛国的领袖

推定自己是罪犯

国中执行政务的

也只有移民局的一位老者

和海关总署的一个女人

国民们信仰的不是什么神祇

而是盐——泪水里的盐

离开这个国家时你必须两手空空

所有的行李仅限你自身

不过随后他就说这个岛屿已经消失

接着他又承认

此国之存在纯属子虚乌有

是自己为应付某个纪念日而进行的诗意虚构

2023年6月22日

读唐人《寻隐者不遇》诗

寻访一位隐者

最好的结果是他没在家

也无人告诉你他去了哪里

你尽可以隔着柴门

观赏他的茅屋

茅檐下小小的燕巢

巢里有黄嘴的雏儿在探头探脑

院子里有一棵杏树或梨树桃树

青青的果子压弯了枝丫

有一丛翠竹

轻轻摇着叶子

沙沙作响

屋后是一座山崖

一道泉水凌空飞下

周围松荫遍地

鹿鸣呦呦

有这些就足够了
强过你见到了他
真要是赶上他在家
说不定你跟他竟没多少话可聊
那样的场面反倒比较尴尬

2023 年 8 月 23 日

那年月的井

1

井水里竟然有鱼

一条来路不明的鱼

为了看清它

孩子们用小镜子

将一柱天光

折进井里

那条鱼拼命游动

躲避光的追捉

2

这井估计有七八丈深

一桶水

需要一头一人

共同用力摇起大辘轳

才能提上来

趴在井沿向下遥望

井水就像一面小小的镜子

闪着微光

看不一会儿

眼晕得很

赶紧离开

2023年9月8日

闪　念

别去摘树尖上最后一枚苹果
那是留给神的

放下手中那些圣贤经典
花点儿时间去品读花草树木
你将领悟到更多的人生道理

弗罗斯特说一切金色的东西都不久长
想必那金色是人为涂上去的

跑道上对那些超越你的人
该送上欣赏的目光
但不要乱了自己的步态

众人喧哗中你不必发声

没有人想听你说什么

经常改变一下家里家具的位置

你也会觉得自己是了不起的改革家

2023年9月20日

李洞追贾岛

紧赶慢赶

一直追到长江边

驴子和你都再也走不动了

仍没追上

你心中一直想追随的那尊诗佛

你不明白

一个遭朝廷贬逐

穷途末路的人

为什么他的驴子竟然走得这么快

也好吧

反正这江水上下最适宜葬诗人

留在这里

也是自己命定的归宿

2023 年 10 月 22 日

白蜡树

白蜡树是漂亮的树

树干修挺

枝繁叶秀

自从在一个鉴宝节目上

听一个专家鉴定

一座工艺高超的巨型屏风

是用它的板材雕成

木质细腻白净

柔韧结实

此后每见到这树

想到的总是那板材

2023年10月26日

催　眠

每当夜深了还睡不着

就闭上眼睛反复默诵《春江花月夜》

直到浩瀚的一江春水涌入脑海

江边开满了烂漫的鲜花

月光洗净了夜空

江面上铺遍了金子

睡眠的游子或许才姗姗归来

归来时月光正轻摇着江树

树还在等待

等得自己忘记了睡眠

2023年11月2日

老去的白马

冰冷的河风敲击着瘦骨

瑟缩着身子

在岸上啃吃时光的枯草

慢慢地嚼

才能体味出那远去的青春味道

抬头看看西天暗淡的夕阳

曲折的天际线

在山峦上弹动着雪意

渴望着一声呼哨

来自当年那个翩翩少年

于是踢踏了几下踢掌

打了几个响鼻

2023 年 11 月 8 日

那个中秋

那个中秋夜我们没吃月饼

只是站在窗前

闭上眼

伸出舌头

舔凉凉的月光

原来月光也有淡淡的甜香

那个中秋夜我们没赏月亮

视线却被诱往南山上

是谁把一个天大的霁蓝釉瓷瓶

放上山顶

宝气逼人

让人几乎不敢呼吸

2023年11月9日

冬日故山

这冬日的故山是套色木刻

山石的赭灰傍着林木的黑褐

林木的黑褐围着干草的枯黄

干草的枯黄杂着积雪的皎白

它们被另一种颜色模糊在一起

它从我的眼里涌出

我说不清它是一种什么颜色

2024年1月13日

蚂蚁上坡

它们，十几只，

分派合理，

步调协同，

抬着一只死蝴蝶，

奋力前行。

前面是一道土坡，

坡上有它们的城堡，

那蝴蝶高高闭拢的翅膀

竟然被抬举得端端正正。

但土坡越来越陡，

它们行进得也越来越吃力，

我伸手想帮忙，

替它们把蝴蝶送到家门口，

但赶紧又缩回手来，

我有什么权力剥夺它们的劳动权，

剥夺它们劳动的艰辛，

剥夺它们劳动的艰辛带来的快乐？

2024 年 1 月 20 日

水穷处

我也曾逆着一条大河奋力上行

行到水穷处

也曾想坐下来

看看白云怎样升起

看看天地如何辽远

但此处竟是

一条古榆蔽日的仄仄沙沟

仰首举目只见一道窄窄的蓝

那窄窄的蓝色下

是我惊起的一群乌鸦

哇哇地怒叫着

黑云般地往复盘旋

2024 年 2 月 29 日

残　冬

摇摇晃晃

艰难迟缓地巡视完领地

这头衰败枯朽的狮子

踱上山坡

在向阳处躺卧下来

舔舐自己灰暗凋零的毛发

意志昏沉

渐渐睡去

梦中有什么东西从身下

不，还有四周

剧烈地冲撞着它

它醒了

想站起身来

却再也站不起来

2024年3月15日

冲　击

清晨或傍晚

站在平展展的旷野上

比如贡格尔草原

眺望遥远的天际线

越看越像一张拉满了的弓

而你正好站在

绷得紧紧的弦上

此时很想

很想把自己猛地发射出去

至于在射程的终点会怎样

你射中了什么

什么把你撞得粉身碎骨

抑或仅仅是软塌塌地掉在地上

都不管

只想凭借一种巨大的外力

让自己向未知的远处来个痛快的冲击

2024年4月15日

你瞩目之处

朝着你凝神瞩目之处望去

那是什么地方

那里有什么

群山争先恐后地奔赴

被吞没了

大河滔滔滚滚地流去

被吸纳了

天空遥遥地倾斜

被融化了

那是什么地方

那里有什么

在你凝神注目之处

2024年4月25日

友 情

不是酒

不用装进坛坛罐罐里窖藏

不是水

不用倒进盆盆碗碗里沉淀

更不是蜂蜜

无须蜜蜂般辛辛苦苦地酿造

它只是空气

一种让人面对面呼吸

相距万里相忆

都感到清新舒畅的

空气

2024年5月4日

第三辑

往事悠悠

爷爷的诵读

刚挂回墙上的竹竿皮鞭，

甩响过的就是张手雷吗？

山药蛋自以为是土行孙了？

黄瓜自愿上了姜太公的钓钩？

玉米棒子是不是在猴哥手中大闹过天宫？

贴着山墙歇息的可是八戒的钉耙？

那把锃亮的铁锹可是沙僧的禅杖？

蜘蛛精们不再兴妖作怪，

只想隐居在这草苫的屋檐下？

黄袍怪也脱胎换骨，

甘愿做一个大倭瓜？

那古钟般的声音，

刚从垄上蹿高了麦子，

又顺着线装的字行，

唤醒书中的精灵神怪。

撅着屁股趴在炕上听入了迷的小男孩，

看着你堂堂的古貌，

以为你就是姜尚、如来。

2017年10月28日

腊月寒夜

煤油灯的焰苗微微摇晃

轻轻跳动

火盆里的火炭渐渐暗了下去

母亲手中的鞋帮

绽放出朵朵红艳的梅花

四姐剪子下的鸳鸯游进了溪水

五姐的心绪也纺成了团团的毛线

灯芯一次又一次被挑亮

腊月的寒夜一次又一次

提起了精神

北风冻得嗷嗷怪叫

兜着雪末扑打窗子

想撞进屋来坐坐热炕

母亲的故事讲得很长很长

一蓬绿葱葱的瓜秧

一直爬向几十年外的菜园

坐下了一群别样的儿女

2018年11月12日

一拃远

少年娴熟地把砍下来的榛柴

用粗麻绳勒成一大捆

瞄好路径使劲儿一推

柴捆听话地顺着山坡滚了下去

整个早春他干的就是这份活儿

他没跟着下山

依然站在山头上

一手提着柴镰

一手擦去额上热腾腾的汗

举目远望

远方山脊绵绵叠叠

更远处是蓝渺渺的一片

伸出手张指一量

从眼前到那片蓝

只有一拃远

2019年10月27日

她家后园里的玉米

(少年心事)

夏天

到处能看到玉米

可他

只喜欢她家后园里那青青的一片

苗苗条条的秆儿

长溜溜的叶儿

瓷绷绷的穗儿

紫蓬蓬的缨儿

棵棵英气逼人

不知为啥

这么俊的玉米

都长在了她家的园子里

2019年12月21日

一下午我没砌成那座石桥

(少年心事)

搬来大大小小的石块，

把雨水冲成的一条小沟当成河，

"河"还不到两尺宽。

我要砌一座石拱桥，

在那家的门前。

先摆好"两岸"的石墩，

再把潺潺的"河水"拦住，

做一个"土牛"，

在上面横砌石块，

造成桥的拱面。

这种技术，

是刚从大桥工地看见。

砌啊砌，

摆啊摆，

边干边瞟着那家的木栅栏。

哪怕是院里有一丁点儿动静，

也会一阵子心慌意乱。

不知是石头心不在焉，

还是砌一座石桥本不这么简单，

石桥砌完，

撤掉"土牛"，

桥身就轰然垮坍。

再重砌，

再坍。

那家院里一直没响起我想听到的说话声，

那座石桥，

最终还是石头一摊。

2015年11月12日

划 痕

(少年心事)

蹲在那户人家门前的大石头上

别的什么都不做

只管抓着一块石子

埋头又写又画

直到人家上了灯

灯光从窗口里冲出来

如警惕的目光

他才磨磨蹭蹭地离开

不知明天

那人能否注意到

石头上纷乱的划痕

2020年6月5日

午 后

(少年心事)

到窗下时，

她正在炕上睡着，

蜷着身子，

像一只温顺可爱的猫。

刚想敲敲玻璃，

檐上的燕子轻喃了两声，

举起的手就又放了下来。

转身看天，

云朵很暖很暖，

一团团地

也睡得正香，

连风丝儿也不去打扰。

2016年10月13日

两个园子

相邻着两个园子

东家的园子地势低

西家的园子地势高

西家园子里的瓜秧豆蔓

总是爬过栅栏

到东家园子里生儿育女

东家园子里的杏丫桃枝儿

也好伸到西家来开花结果

西家的井水动不动就干枯

东家的井水却天天旺盛

晚饭后两个园子都安安静静

洋溢着夕阳的余光

东家在地里忙了一天的姑娘

常在井旁洗头洗衣

耳朵却听着西家的动静

西家从山上干活回来的小伙儿

挑起水桶

去东家挑水

空桶摇晃得吱扭扭响

2019年10月4日

走进你的十八岁

——读妻旧照

你的眼里藏着黑宝石吗，

为什么那么亮？

我小心翼翼地迈过木桥，

折一枝嫩柳，

边走边摇。

路边的麦苗翩翩地飞，

像你飘飘的衣角。

杨树也长着大眼睛，

瞅得人不好意思。

园子里的杏枝伸出墙外，

青青的杏子没人乱摘。

芸豆花笑在栅栏上，

黄瓜袅着颤颤的须儿。

一只燕子斜斜飞来，

屋檐下一阵叽叽喳喳。

当我
再走近你的十八岁
举起的手
却不知该不该敲响那扇木门

2019年12月14日

苦杏仁

舅奶奶又砸又挑忙了一晚上，

才弄了半小簸箕山杏仁，

炒熟留给犯了哮喘病的舅爷慢慢吃，

就放在东屋的柜上。

十三四的四姐和十一二的我，

趁她老人家不注意，

偷着把小簸箕端到西屋的炕上，

吃了起来。

"哇，好苦！"我说。

"慢慢嚼，就香了。"四姐说。

真是越嚼越香，

越吃越想吃。

不一会儿，

姐儿俩就把小簸箕里的杏仁消灭了大半儿。

待到舅奶奶发现时，

我俩已经口吐白沫，

躺倒在炕上。

舅奶奶吓坏了，

赶紧喊人来帮忙，

用水瓢舀来酸菜汤，

撬开嘴，

直往肚子里灌。

嘿！姐儿俩竟然转危为安。

记吃不记打，

直到如今，

我还是爱嚼山杏仁，

只是再不敢多吃。

2018年11月15日

分　红

进了腊月，

全村人都等着生产队分红，

好去买年货。

今年丰收，

三姐四姐也都能挣"满工分"了。

那天，全家人眼巴巴盼着父亲拿"红"回来。

父亲回来了，

没啥言语，

直接进了西屋，

摸出一个小算盘，

坐到炕上，

我也赶紧爬上炕，

撅着屁股趴在旁边"扒眼儿"。

父亲把一张纸上的数字算了又算，

把几张从队里抽回来的欠条看了又看，

然后从衣兜里掏出一小卷钱票，

数了又数，

一共是十三元四毛。

他把两张五元的叠起来，

用手绢包了，

交给在炕边站了半天的母亲，

"这是明年一年的开销，别乱花。"

又把剩下的三元四毛递给母亲，

"快去供销社吧，

去晚了怕是挤不上前儿。"

然后将几张欠条放进火盆烧了，

两只大手放一起用劲儿搓了搓，

脸带笑容说：

"咱家不再拉饥荒了！"

2018年5月15日

饼的故事（一）

当母亲牵着我的手，

走上队长家几块大石条砌成的台阶时，

一股白面饼的香气扑面而来，

我紧吸了几下鼻子。

正在翻饼的队长老婆看见我们进屋，

咣当一声盖上了锅盖。

母亲尴尬地说明来意——

借筛子使一使——

依然紧拉着我的手。

锅里白面饼的香气，

肆意地挠着我的鼻孔，

往肚子里钻，

我空空的肚子里，

饥饿的馋虫，

经不住这番勾引，

咕噜咕噜地叫着，

一根一根地从胃里往出爬，

快到嗓子眼儿了，

快到舌头根儿了，

快到……

我一次又一次地

使劲儿咽唾沫，

咕咚，咕咚，

想把它们压下去——

队长老婆把筛子递给了母亲，

母亲攥了攥我的手，

又拉了拉，

我只好乖乖地跟母亲走出来。

回家的路上，

母亲蹲下来，

红着眼睛，

在我的脸上亲亲地亲了一口说：

"我儿子有出息!"

此后母亲每当提起这件事就说：

"我儿子从小就有出息!"

咳！那天的白面饼的味道可真香！

2021年7月18日

饼的故事（二）

进家已经一个多小时了，

还没吃上饭，

肚子咕咕直叫。

进门时，

满屋都是烧酒味猪肉炖酸菜粉条味油饼味，

东屋里有客人嚷嚷吵吵地猜拳行令，

母亲在锅台上忙活，

油饼在锅里吱吱啦啦地响着，

金黄着，

我咽下一口唾沫，

心中一阵狂喜。

最爱吃母亲烙的油饼了，

整张饼用筷子夹起来迎光一照，

都是透明的，

饼瓤一层一层又一层，

层层都薄如浸透油的绵纸，

绵软筋道，

外皮却金黄爽脆，

不硬不焦，

吃起来满口喷香，

吃了还想吃，

可是除了贵客临门，

一年也吃不上一两回。

今天，

哈哈，

可是要解馋了，

这样想着，

美滋滋地走进西屋，

坐在炕沿上，

等母亲招呼我，

可母亲像是忘了我一样。

家里要宴请大队干部，

我是知道的，

只是没想到是在今天。

今年夏秋雨水多，

几十年的草苫土屋，

后墙堆颓，

檩条弯曲，

屋顶下凹。

父亲说，

可该翻修了，

请大队领导就是想求人家批准从集体林
　　带里伐几棵杨树做檩子。

柜上小闹钟的指针已指向一点半，

再过半小时就要上课了，

从家里到学校还有二三里路呢！

我有些急了。

实际上，

堂屋的橱子里还有早饭剩下的莜面苦力，

用热水泡一泡吃了也能饱肚子，

可是，可是——

我焦躁不安地又撩起门帘瞅锅台，

母亲在锅里将烙好的饼摞在一起，

再竖起来用手掌砍两下，

这样，油饼就更暄软可口了，

我使劲儿地咽了一口唾沫，

肚子叫得更欢了。

母亲仍没理会我，

把油饼放在盘子里端进了东屋。

我又急又气，

母亲掀门帘进西屋来，

手里端的不是我等的油饼，

却是一只空碗，

我的火噌地就蹿上了脑门儿，

大声嚷道：

"还让不让我上学了?!"

母亲只是看了我一眼，

没吭声，

她掀开装白面的那节柜盖，

我往柜里一看，

顿时愣了，

柜子露出的是空空的柜底，

母亲扣着碗咣咣地刮着柜底，

将不多的一点儿面归拢到一个角上，

盛在碗里，

再将剩下的一点儿一点儿撮捏起来，

去了堂屋。

我心里羞愧万分，

就像那光光的柜底，

恨不得狠狠地抽自己两个耳光。

必须走了！

我悄悄走到堂屋，

想不引起母亲的注意溜出去。

母亲正在面盆里快速地揉着那小小的面团，

当我走到门口时，

她一把拽住我，

从锅台上的盘子里唯一的饼上撕下半张来，

塞进我手里，

我几口将半张饼吞了下去，

一溜烟跑向学校，

边跑边擦眼角。

下午第一节是政治课，

钟声一响，

任老师就走进了教室。

任老师身材高大，

长着一副关公脸，

上课来总是手提一根拇指粗细，

一米多长的教鞭，

不怒而威，

是一位让全校学生都敬畏的老师。

他像往常一样，

将教鞭砰地在黑板上敲一下，

教室里顿时鸦雀无声。

"提问！上次课我讲了世界观的问题，

谁能回答什么是世界观？"

同学们你瞅我，

我瞅你，

没人举手回答。

老师又问了一遍：

"什么是世界观？"

见还是没人回答，

就将教鞭一一地指向每个人，

所指之处都是垂下的脑袋。

当教鞭指向坐在后排的我时，

我怯怯地站起来，

嘟嘟囔囔地答道：

"就是，就是人们对世界上万事万物的看法。"

任老师好像没听清，

就喝道：

"大点儿声！"

我又提了提嗓门儿回答了一遍。

他举起的教鞭停在了空中，

用异样的眼光盯了我片刻，

突然又大声喝道：

"再大点儿声！"

我放开嗓门儿又回答了一遍。

他朝全班同学大声问道：

"听清没有？"

回答声稀稀拉拉。

他回身将教鞭砰地在黑板上敲了一下，

又喝问一遍。

大家齐声答道：

"听清了——"

"听清了给我背十遍！"

教室里一片"世界观""世界观""观"
　"观""观"，

我的耳边却响着母亲扣着碗刮柜底的声
　音，咣咣咣。

2018年12月18日

第一缕炊烟

敢说村里的第一缕炊烟是从我家升起来的。

冬夜漫长，

母亲和姐姐们在东屋炕上忙针线活，

父亲无事可做，

刚头更，

就在西屋早早睡去。

（这也好，既免得睡晚了肚子饿想吃东西，

又省得多点一盏灯浪费灯油。）

当然也就起得早，

（醒来躺久了身上难受。）

不到五更，

起来添上一大锅水，

蹲在灶坑里把灶膛插满事先劈好的湿柴，

下面用细干柴引燃，

灶火就慢悠悠跳着蓝幽幽的火苗，

滋滋地冒着湿气着起来了。

（因而我家的炊烟一定是乳白的缓缓上升的。）

一个多小时后水烧开了，

满灶膛都是红火炭。

父亲用掏火笆将火炭掏进火锹，

红通通地端着，

送到东屋西屋的火盆里。

（既是送暖，又是发布起床令。）

全家人"闻"火而起，

从热被窝里钻出来，

将冰凉的棉裤棉袄凑近火盆烘一烘穿上，

用锅里的热水洗涮、做饭，

清贫而红火的一天就闹腾开了。

2019年12月30日

敖　包

这敖包，

从我记事时起就很大很高，

（现在更显巍峨了，

简直像座有模有样的小山。）

傍近我出生的村子，

傍近我夏天游泳冬天滑冰的木希戛河，

傍近我上小学的大道，

每到腊月底，

父亲就嘱咐我，

去敖包扔上一枚五分钱的钢镚，

添上一块石头，

再往近旁的老榆树枝上拴根红布条。

父亲小声地说，

敖包下住着长仙，

能保佑人间风调雨顺太平安康。

后来才知道长仙是一条大蛇，

听说有人曾在那里看见它出没。

再后来每当回乡过年，

我都依旧到敖包前扔硬币，

（五分换成了一元。）

添石头拴红布，

与其说是为了祭奉什么长仙，

不如说是为了父亲，为了父亲那些嘱咐，

为了那村庄那河流那道路那些年。

2020年1月2日

一九七七，高考，冻馒头

第一场考试，交了卷，走出考场，

整个人像被一只饿虎从里面掏空了一样，

浑身都没了力气。

有生以来，不，是祖祖辈辈以来，

第一次参加这样关乎命运的考试，毫无经验，

紧张与兴奋让我忽略了一个大问题：

午饭！没地方去吃午饭！

考点离家几十里，

近处村庄又无亲友投奔，可咋办！

正在焦急，一个姑娘跑过来招呼我，

噢，白淑琴。

白淑琴是大连知青，

来我们这里"扎根边疆闹革命"，

名噪一时，曾是《辽宁青年》的封面人物。

封面上的她英姿飒爽，一副"广阔天地大有

作为"的英豪样。

但依我看来，她不过是个乐观爽直甚至有些顽
　　皮任性的女孩。

都是共青团干部，常在一起开会，算是熟人。

我问她考得怎么样，她笑着摇摇头，

问她那道"无产阶级专政理论"题答上没有，

她又摇了摇头。我大为惊讶：

早晨入场前，我们在一起猜题，

我还给她讲过一遍！

她大咧咧一摆手："不说它了，走，请你吃饭！"

跟着她和另外两名知青，到了她们青年点，

几排土坯房瑟缩在北风中，没一点儿烟火气。

"别人都回家了，就我们几个考试的还没走。"

来到宿舍门口，这粗心的姑娘才发现，走时没
　　带钥匙，

情急之下，只好用石块砸开了锁头。

屋里冷如冰窖。

几个人点燃炉子，顿时满屋浓烟。

白淑琴从箱子里掏出几个冻成冰疙瘩的馒头，

放在炉盖上烤。

仅有的几块木柴一会儿就烧完了，

馒头却才烤热了外面一层，

我们边一点点地啃着冻馒头，边东拉西扯地聊天，

竟没觉得那馒头有多凉。

下午考语文。作文是两个题目任选其一：

《在沸腾的日子里》《谈理想》。

写前一个题目对我来说似乎更得心应手，

考前曾精心"押作"了一篇，内容与此相当吻合，

只需改头换面就行，可谓胸有成竹，

却偏要和自己过不去，写了第二个题目，

竟然也顺风顺水，一气呵成。

交卷出场，庖丁解牛一般踌躇满志，欣然四顾，

没看到白淑琴，此后再没见过。

但她真诚地请我吃的冷馒头，

却在我体内一直散发着热量。

2018年12月31日晚

兴安岭上

正午时分，我终于气喘吁吁地爬上岭来。

初秋的太阳火辣辣地照着，我浑身大汗淋漓，

擦去脸上的汗水，敞开衣襟，

让清凉的山风给自己洗个澡。

放眼望去，大兴安岭起伏连绵在天地间，

如一条巨大的蜈蚣，从北向南爬来，

高耸而宽阔的山脊拖向两边，

长长的草坡和广阔的草原襟连一起，

旁逸斜出的道道山梁，就像蜈蚣的足肢，

足肢之间就是一条条沟谷。

此时，我就来到了巨蜈蚣弓起的一段背脊上，

走下岭头，从一条东南向的沟谷出去，离家
   就不远了。

信步下岭，没走多远，突然，

一种从未有过的恐惧骤升心头，

头皮发麻，头发仿佛根根竖了起来，

听老人说，在山里遇到虎狼一类的山牲口，就
　　有这种感觉。

果不其然，从脚下的沟谷里，

传来不知什么野兽深沉粗重如闷雷一样的低吼声，

还夹杂着几只狗急促而狂怒的吠叫声，

听得出双方是在拼命地撕咬搏斗着。

我想赶紧躲起来，

可光溜溜的草坡无遮无拦，

万幸西侧的山坡上有一片麦地，

麦子长得奔放野蛮，正是虎皮黄，

（山里人常开一些山坡地，隔年一种，

不加侍弄，望天收。）

猫着腰悄悄地钻进麦地，

从垄沟里摸到两块石头，攥在手里，以防万一。

心里害怕，但又好奇，

从麦穗上伸出头来，向沟谷里窥探，

里面的情形看不清楚，

两种叫声和撕搏声依然。

估计过了一个小时的工夫，

看到一只身材健硕有花斑的野兽从沟里出来，

低低吼着，沿着沟的东坡，缓缓向北走去，

紧接着，一伙儿雄健的牧羊犬也蹿出来，一
　　共四只，

朝着北去的那物狂吠一阵，

转身向沟外跑去，其中一只还瘸了一条腿。

我从麦地出来，心有余悸，

（既怕野兽又怕狗）张张皇皇，奔向沟外，

遇到一个羊倌，看到我惊慌的样子，

"吓着了吧？这些天沟里来了一只豹子，

祸害了不少牛羊，

几只看羊群的狗和它杠上了，

每天都进沟里跟它斗，

我们放牛羊的不敢往沟脑里走，不知斗得怎
　　么样，

不料倒让你碰上了！"

我庆幸自己历险而没受伤害，

步履变得轻松愉快起来，

走出谷口，眼前一马平川，

川地里麦田连着麦田，

麦浪奔涌而去的地方，

有一个绿杨环绕的小村庄，

那就是我的家。

2019年9月29日

大喜过望

此时，狂喜变成了狂奔。

冰封的河面上，得跑就跑，得溜就溜。

我要赶回家去，

既要把喜讯告诉给家里，

又要赶上明天一早去旗里的班车。

一个多小时前还在公社团委开会，

会前大家都在议论沧桑巨变后的第一次高考，

本地出人头地的人能有谁。

大家一致认为非才貌双全的公社女书记王丽
　　莎莫属，

说这话时有人故意将目光瞄向我，

显然，我不但没在人家的预料范围内，

而且还该受"碟子里扎猛子——不知深浅"
　　之讥。

我只好低下头装作什么也没听见什么也没看

见的样子。

其实我自己也那样认为，

论才学，论能力，论背景，咱哪能和人家王
　　丽莎相比？

只是，只是……唉！

知道某种结果对自己来说只是奢望，

但仍会存一线希望，哪怕是微微茫茫的一线，

谁不是这样？

会议进行中，有人指着窗外说有人找我，

我抬头向窗外一望，是邮递员王连起，我叫
　　他"叔"，

他正笑着在外面招呼我，我走出会场。

他告诉我："你考上大学了，旗招办让你去领
　　录取通知书。"

"咱们公社就你一个！"还补充了一句。

我像突然被惊雷震蒙一样，愣怔在那里，

回过神来之后，赶紧返回会场，

掏遍衣兜，共掏出三块多钱，

往桌子上一放，说了句"我考上大学了，大
　　家买喜糖吃吧"，转身就走。

已是下午四点多，要从大路回家，得走五十
　多里，

从山路回家，虽然近了许多，又怕天黑后碰到
　"山牲口"，

最后一想：走河上吧，不仅近些，还能溜溜冰，
　省点儿力气。

天黑后，我拐过了木希戛河"几"字形大弯，

这是一个由南向北，再由北向南的弯，

也是木希戛河从山里奔向山外必拐的弯啊，

心想："从此后，我的人生也要大拐弯了，哈哈!"

离家不到二十里路了，我又加快了脚步，

突然听到嘭的一声巨响，

接着觉得脚下猛地一沉，

扑通，我掉进了冰窟窿。

好在冰下的河水不太深，也不太急，

扑腾了一阵，终于爬了出来，

惊喜和惊惧都如此突然降临，

我仿佛置身于一场荒诞戏剧中，

但这荒诞之中是不是也有人生独特的况味？

浑身水淋淋，冻得牙巴骨直打仗，

不敢停留，也不敢再走冰上，只好走河岸，

一身厚棉衣被河水一泡，陡增了十几倍的重量，

不一会儿，外面结上一层冰壳，

如同披挂着钢铁铠甲一般，乒乒乓乓地一路
　前奔。

到家后面对全家人惊呆的目光，

只说了一句话："我考上大学了！"就瘫倒在地上。

睡梦中我变成了一只喜鹊，

在一轮朝阳喷薄而出的热腾腾的红光里飞来
　飞去，

喳喳地叫个不停，到处唱喜。

第二天醒来时，猛地想起还要赶班车，

家里人说："班车早过去了，你发了一宿高烧，

不停地念叨，'我考上了！我考上了！'"

2019年2月15日

流水恍然

我是最后一个从崖嘴跃入潭里的。

一个猛子扎出好远，

露出头时已是身在河中。

河水缓缓地流着，

摇曳着长长的波纹；

还时不时漩着涡儿，

阳光下像撒着金花的缎子。

一片尖叫笑闹和水花，

是杏枝儿、桃叶儿、巧云在水中"打仗"，

见了我就咋咋呼呼地扑来击水，

我也狠狠地回敬。

不远处英子却站在齐胸深的水里，

笑眯眯地瞅我，

那眼神很甜。

河水在她胸前打着卷儿，

蓝布小褂湿淋淋地裹得她异乎寻常，

我的心猛地跳了起来，

刚要张口说点儿啥，

她已把头低了下去，

双手使劲儿捋着辫子里的水。

远处，

金山、铁蛋儿大声喊我，

我扔下英子，

赶紧去追。

前面的水突然变急，

水中露出许多光溜溜的石头。

河水分了岔匆匆流去。

金山他们钻进了哪个岔，

怎么转眼就不见了？

回头再看，

英子她们也没了踪影，

只见河岸上晃动着紫云般的芦花。

2018年9月9日

九妹的旗袍秀

一进屋，墙上一张大幅照片就抓了我的眼，

刚要走近细看，

九妹就抢上前来兴奋地告诉我：

"这是我前天照的，好看不？

外地人来咱这儿给人照相，

照完就给照片，照得好呢，

村里好多人都照了，

就是贵了点儿，一张一百多块呢！"

嗬！这是九妹吗？

一袭金红锦缎旗袍，

裹着婀娜的身段，

袅袅地迈步向前，

像初春的新柳在风中摇摆。

我看了一眼九妹粗壮的腰身，

是什么魔法让她陡然变得如此苗条？

九妹曾患小儿麻痹，留下跛脚后遗症，

可这两条挺拔的美腿，

正踩着高跟儿鞋，款款地走着模特步！

瞧瞧这双手，

九妹那握了几十年锄头镰刀磨出层层老茧的手，

怎会如此纤柔白嫩，

拈着一柄团扇，如此优雅地在胸前扇动？

再看看头，

唉，这分明就是九妹啊！

头发枯燥如草，

额上叠着垄沟皱儿，

眼角堆着鸡爪纹儿，

肤色黝黑，一脸憨笑，

日晒雨淋，农家女儿，怎能葆得住面容姣好？

九妹看出我的诧异，

就一本正经地解释道：

"人家照相的说了，

这是新技术，能把咱的脑袋，

移栽到模特身上。

照相的人还说了，

现在咱们的日子越过越好，

好日子就得好好美化美化才行。"

2018年11月12日

控

做了二十几年小官的老李退休后，

养起鸟来，

他把二楼外的公共平台用铁筛网围起来，

上面再横七竖八地拉上铁丝，

铁丝上挂了七八个鸟笼子，

养着百灵、八哥。

百灵都唱得婉转嘹亮，

八哥都会说话，

其中一只红嘴八哥竟能诵诗，

把李白的《望庐山瀑布》读得字正腔圆，

如中央电视台的播音员，

逗得小区里很多人都来围观，

老李甚是得意。

老李还好放风筝，

经常去河堤上将莺莺燕燕的风筝高高地放起来，

那些纸鸟在他的操控下翩翩起舞，

煞是好看。

有一次我好奇地问他：

"您把真鸟关在笼子里，

把假鸟放飞到天上去，

这是一种什么乐趣？"

他像看外星人似的看了我半天，

嘿嘿一笑，

把一只手张开在我面前，

然后缓慢而有力地攥回去，

反问道："你说呢？"

2019 年 4 月 2 日

那时我们并非天真无邪

用玻璃瓶将落在葵花盘上的蜜蜂

一个一个地扣住

盖上盖闷一阵

待它们在瓶子里挣扎得筋疲力尽

再用细棍夹出来

把针茅草的尖儿扎进它们的尾部

扔向空中看它们歪歪斜斜地飞

逮住蜻蜓或蝴蝶

两个一对儿用线绳拴住细腰

放开让它们向不同的方向飞

用线套在大马蜂的颈部

拨弄它让它使劲儿往前拉

后面拽一溜空火柴盒当火车

抓来毛毛虫用小刀当黄瓜切

抓住瓢虫用草棍穿成色彩斑斓的串儿

蹲在蚂蚁窝旁抢它们运回来的东西

或往它们的窝里倒开水

上树掏喜鹊蛋回家煮了吃

偷老木匠给生产队做木头车用的铸铁键条

砸成小块当弹弓子儿

棱棱角角刀刃一般锋利

上学的路上打喜鹊老鸹

杀伤力绝非石头子儿可比

抓住大田鼠摔晕了当球踢

为了采榆钱儿做猪食

不惜用柴镰把小榆树的头砍下来

多了多了这样的事

我们是淘孩子坏孩子

我们的童年少年并非天真无邪

我们常常怀念那美好的时光

却很少反省犯过的罪

2020 年 5 月 4 日

我熟悉那个小村庄

我熟悉那个小村庄，那个依山傍水、坐落在三
　　岔路口的小村庄。
山是大兴安岭的几个脚趾，水是西拉木伦的一
　　根须芒。
山上长的是白桦、黑桦、山杏、山杨，映山红
　　在春天里漫山绽放。
水里生的是泥鳅、川丁、白鳔、华子，开河的
　　日子正是捕捞的好时光。
河两岸大豆、玉米、小麦、莜麦年年丰收，宽
　　广的草滩上放牧着牛羊。

我熟悉那个小村庄，那个依山傍水、坐落在三
　　岔路口的小村庄。
那个生活着我的七姑八姨、三叔四大爷，有着
　　悲惨往事的小村庄。

村里村外至今还散布着钢筋水泥的明碉暗堡，
　　有的残破，有的还保留着原样，
依然面目狰狞，像凶神恶煞，阴森森地盯着每
　　个路口每座桥梁。
我还在一个残堡的台阶上看到一双深深的靴印，
不知是哪个鬼子想留下永久的纪念：关东军没
　　白来一趟！
村前平地里有一排石头人在放哨站岗，据说当
　　年肩上还扛着木头枪。
"九一八，九一八，在那个悲惨的时候"，这三
　　岔路口的险要被鬼子看上，村子里闯进了成
　　群的虎狼。
修工事，建兵营，壮劳力留下做苦工，后来无
　　一存活；老弱妇幼被赶出村子，到处流浪。
碉堡群、铁丝网、探照灯，魔爪锁喉，虎狼当
　　道，谁要从这里经过，甭想！

我熟悉那个小村庄，那个依山傍水、坐落在三
　　岔路口的小村庄，
如今一条大路通山外，几条岔路穿山乡，车来

人往，繁荣兴旺。

那些明碉暗堡早派了新用场：

周家后院的那座当了猪圈，丁家院子里的那座
　　做了菜窖，侯家前院里的那座充了粮仓。

前些年家家户户都用鬼子的钢盔做鸡食盆儿，
　　用刺刀剁猪菜，乒乒乓乓。

现在没有了，古董贩子们收走卖掉，被人当作
　　文物收藏。

早年就听人说，小日本临撤退也没好心肠，

大批军用物资埋藏山中，没人知道下落，像谜
　　一样。

如今有人想发"洋财"，经常进山寻访。

还真发现过线索：这个山洞里找到朽烂了的军
　　靴，那个山洞里找到长了绿毛儿的皮箱……

我熟悉那个小村庄，那个依山傍水、坐落在三
　　岔路口的小村庄。

太熟悉的事物反倒容易陌生，司空见惯的东西
　　反而容易遗忘。

2016年11月16日

耶律倍（一）

小山压大山，

大山全无力。

羞见故乡人，

从此投外国。

耶律倍《立木海上刻诗》

再见了，奔流不息的潢水，契丹族亲的
　　血脉之河，

再见了，巍峨连绵的大鲜卑岭，祖先的
　　肩背之山，

再见了，安葬着父皇遗体的祖陵，

再见了，曾任意纵马驰骋的辽阔草原，

再见了，东丹国，曾心心念念想治理成
　文明乐园的故国，

再见了，东丹的百万子民，被迫离开自

己的家园，迁播异地的可怜子民，

再见了，曾伏首读书，抬头望海，排遣郁闷的
　　医巫闾山望海堂。

但再也不想见母后那张长年覆盖着冰雪的脸，

（冰雪掩盖着不知多深的权力欲念。）

再也不想见她那只半空着的衣袖，

（其中不知藏着多少尚未用完的手腕。）

（用多少恭敬孝顺都换不来她的慈爱与亲和，

换来的只是无情的耍弄、羞辱和剥夺。）

再也不想见弟皇那双似笑非笑、明明暗暗的眼。

（时不时闪烁着猜忌、怀疑的寒光。）

（用多少谦让、容忍都换不来他的理解和信任，

换来的只是千方百计地排挤和压迫。）

再也不想见大辽朝中大臣们那个个见风使舵的
　　奴才相。

（他们已被强权和利欲抽掉了脊梁。）

再也不想见那些御赐的宫女、仪卫。

（贼眉鼠眼，时时监视，窥探着东丹王宫里的一
　　动一静。）

海浪，威猛的海浪终于将故国从他身边推开，

将那荣耀和屈辱骤然翻转，

翻转得心惊胆战的前半生从他身上推开，

故国啊，渐渐地远了，远了，

身后只剩下隐隐约约的一条线，

轻轻淡淡的一缕烟，

无边无际的一片海的灰蓝。

前方呢？前方也尽是一片灰蓝的海。

只有一条船，载着他，他的高美人，他的万
　　卷书画，

驶向一个陌生的国度，

一个在密信里被称颂为文明隆盛、富强繁华
　　的国度，

一个由明君贤臣统治着的国度，

一个有足够尊重和自由的国度，

是真的吗？拿不准。

但现在，现在，只能信赖这条船，

把自己的后半生交给它，

驶向那个叫后唐的中原国度。

耶律倍（二）

异国殇。

猜不出后唐以迎接天子的礼仪接你上岸时，

皇帝李嗣源授你节度使的高官时，

先后赐你东丹慕华、李赞华的姓名时，

你是什么心情。

只知道，你并不在意所谓节度使的政务，

一切都交给朝廷派来的属官打点，

这反教皇帝满意赞叹。

你只优容悠闲地读书，写诗，作画。

你作画，笔下尽是故国山川风物：

野鹿因被追猎，支棱着大角在白桦林边飞奔如电，

天鹅因躲避海东青而一举冲天，

狡兔因摆脱猎犬而在草尖上惊窜。

骏马都姿态翩翩，丰神饱满，

人物都富贵堂皇，锦绣华年。

可以想见，你画着画着，就神归了故国，

画着画着，就眼泪围了眼圈。

只是我为你万分遗憾，

你熟读儒家经典，

肯定懂得"危邦不入，乱邦不居"的道理，

但懂得道理与应对局面还相差十万八千。

李嗣源死了，继位者被杀，篡位者手忙脚乱。

你想必已经知道，此时的后唐已危如累卵，

但你不知道的是，你那野心勃勃的皇帝弟弟，

已和那个中华千古罪人石敬瑭达成了交易：

灭了后唐，当上儿皇帝，与燕云十六州对等交换。

一场灭顶之灾，已黑云般压上你的额巅。

你终于成了这场交易的牺牲品，

篡位夺权的昏君的陪葬人，

如果不是被一位僧人收敛，

恐怕连尸体都难以保全！

从此，你成了契丹帝国第一滴最悲催的眼泪，

一直挂在眼角，不落不干！

一千多年后，

人们在大洋彼岸的美国看到了你的姿容，

博物馆的展柜里，你带着五六个随从，马骏人鲜，

信马徜徉在潢水岸边，

但为什么？为什么？你的神情是那样萧索黯然？

萧韩家奴答兴宗皇帝耶律宗真问

"萧爱卿在地方任职听到过什么奇闻逸事?"
"臣下听炒栗子的高手说:'一个锅炒栗子,
小的熟了,大的必生;大的熟了,小的必焦。
让大小均熟,才是尽善尽美。'"

"我大辽建国以来哪位君王最贤明?"
"臣下以为穆宗最贤明。"
"萧爱卿你是不是脑子有病?
穆宗皇帝不理朝政,嗜酒贪眠,喜怒无常,
杀人成性,你竟说他贤明?!"
"穆宗嗜酒,只是自醉;贪眠,只是自睡;
嗜杀,只是杀自家的奴才或罪囚。
他自甘昏暴,不自居贤明。
不动辄发号施令,折腾百姓。
那年月,百姓牧者自牧,农者自农,乐业

安生。

赋轻徭少，也不发动战争，

百姓富足，社会太平。

所以臣认为穆宗最贤明。"

2024年2月15日

垄青诗歌的短诗艺术及其他

董　辑

　　时隔多年，又一次读到内蒙古赤峰诗人垄青的诗集，眼前一亮之余，心生欢喜和欣喜。欢喜的是诗人创作力充盈，诗力不减，诗路上有此同人，不亦乐乎；欣喜的是，诗人不但还在写，写得多，而且独具特色，在技术、题材、内容、语言等多方面都达到了很高的水准，启发良多，令人在不知不觉中想鼓几下掌，欢呼几声。

　　赤峰地处内蒙古自治区东部，地理位置重要，城市历史悠久，经济发达，人文荟萃，独特的地理特点使其兼容了京、冀、东北、内蒙古自治区四地的文化特征与精华，其地域文化具有开放、包容、大气、多元、独特等特点，相应地，其地域文学也具有以上这几个特点。几十年来，赤峰地区一直活跃着一支诗歌队伍，参与和见证了中国诗歌自朦胧诗时期至今的全部发展过程，形成了一支年龄上老、中、青兼具，风格上传统与先锋皆有的诗歌生力军，其中，诗人垄青以其创作时间长、风格多样化、地域性和现代性兼具的诗艺而成为赤峰最有代表性的诗人之一。

细读垄青诗兄的诗歌，感慨之余，觉得可写的东西太多，但写太多，又容易成为一篇散漫的随记和读后感，不如攻其一点，兼及其他，下面我就重点写写我对垄青诗歌中大量短诗的看法，并力争能够兼及垄青诗歌的其他重要特征。

垄青创作时间长，其诗歌运思与起步于朦胧诗时期，其诗属于现代自由体抒情诗，就诗歌的体量来说，其诗歌大致以自然的、自由的、分行的抒情诗体量为主，并无刻意和有意识的追求，往往自由书写，发乎于诗情亦止乎于诗情。其近些年来的诗歌，就体量和常态来说，则有了一些变化，这个变化就是短诗。垄青开始大量写作短诗，方寸之间，天地顿显，这无疑是垄青诗艺上的一个进步，而他所呈现出的大量的短诗文本，也确实在佐证着这个进步。

著名诗歌理论家、诗人周伦佑认为，诗人的写作都是从自发写作开始，渐渐进化到自觉写作的，一个诗人，一旦进入自觉写作，其诗歌写作则开始成熟和收获，一个诗人，必须要从自发写作阶段，过渡到自觉写作阶段，只有这样，一个诗人的写作才能成立和完成。近些年来，我们发现，垄青开始有意识地写短诗，追求短诗，并通过短诗的写作，把他的写作大大地提高了一截，诗人垄青的写作，已经从自发阶段，进入了自觉阶段。

垄青的短诗，具有以下这些特点：自然而不刻意；放松而有张力；重视想象、发现和意象的营造；语言则是近乎生活话语的口语，偶尔也使用方言词汇；内容丰富，涉及题材广泛；能够让诗意和哲思，无遮蔽地刺出。

垄青的短诗，首要长处就是"发现"，诗人以慧眼注视生活、自然的方方面面，从点、细节入手，发现诗意并展开诗思，很多时候能够上升到哲理的高度并诗意充盈，耐人寻味。比如下面这几首：

当火已没有烈焰升腾

当火已没有烈焰升腾，

就要静心地守护好那一堆暗红。

即使它渐渐成灰，

也不要轻易去拨弄，

拨弄它，

说不定会迸出灼人的火星。

2012 年 12 月 1 日

诗人通过对火熄灭后的火堆残烬的观察，发现了一个饶有兴味的现象，而这个现象，无疑具有耐人寻味的诗意并能做出哲理上的引申。

麦收

秋月的镰刀锋利雪亮

它从东向西割去

割得不慌不忙

夜色片片倒地

东山上露出了一线曙光

我的镰刀也已在月下磨好

在外面的窗台上

2016 年 8 月 1 日

这也是一个"发现"，源于视觉的一个诗意的发现，一弯秋月像镰刀一样地"收割"着夜色，直到夜色全部被"割倒"，而这时我已经准备好了我自己的镰刀。本诗不但是对自然现象的一种诗意的想象，更是一种诗性的生活态度和生活方式。

在垄青的大量短诗中，这种源于"发现"的诗歌很多，比如下面这两首：

槐

地上看

一棵树

楼上看

一团花

这平凡的树木

也渴望你从不同的角度看看它

2022 年 8 月 15 日

杏花

满园的红粉

敌不过断崖上

斜斜的一枝

2023 年 4 月 23 日

　　垄青这些源于"发现"的短诗，再一次告诉我们，诗歌就在我们的身边，就在我们的生活里，只要你有一双找诗的眼睛，能发现，愿意去发现，诗就会在你的笔下涌出。

　　垄青有一些短诗，很长于意象的提炼与固定，这使其短诗坚实、闪光并回味无穷，比如下面这几首：

乌鸦

一群同款黑夹克

摇晃着尖尖的白杨树梢

比赛谁的调门挑得最高

靠近

她靠近我时

我被一股浓烈的新出炉的面包味袭击

低着头对她说

请走开

我很饿

惊蛰

红的绿的蓝的黑的眼睛

都将睁开

明天，有许多光亮的东西

拱出地面

你一点儿都不用奇怪

2023年3月7日

听马头琴曲《我有一段情》

坐在公园的长椅上

让初冬的暖阳清洗身心

如清洗一只玻璃瓶子

再让乐曲缓缓慢慢地往里流灌

灌满后从眼角溢出来

淌成一条小溪

2021年11月15日

蒲公英

不喜欢满堂儿女

围坐在自己身旁

待其长大

就给他们每人一把伞

赶出家门

任其四处漂泊

不许再回来

2022年5月16日

旧刺

那些话四十年后才说出来

就像将一根久已长入肉中的刺

剥出来

剥刺的创口

又是一番新的疼痛

2022年8月9日

蛋壳舟

——听乐曲《在时间的河流上》

时间的河流上

我们都是漂流者

所乘之舟

不过是又薄又脆的蛋壳

黑夹克，面包，眼睛，玻璃瓶子，伞，刺，蛋壳，七个意象，鲜活，独特，生活化，但又准确和充满了诗意。

而下面这首，更堪称是意象主义风格的杰作：

黎明

青苹果

青红苹果

红苹果

金苹果

金红苹果

短诗与哲理具有天然的适配性，而诗意中的一种特性，就是哲理性。垄青的大量短诗具有诗性的哲理，这样的诗在他的创作中很多，姑且举几例：

击掌

把手掌伸出去

想象你会与我对击

发出一声脆响

表达某种默契

没想到妨碍了别人

人家说

对不起

请把手拿开

2021年2月2日

平行

走进一片白桦林

树都很端直

挺胸抬头

努力与它们保持平行

没撑多大一会儿

就感到腰疼

2022 年 8 月 28 日

垂危

一只老鼠掉进水桶里

一阵扑腾

只剩头露在水面

可怜巴巴地看着我

我

闭上了眼睛

2022 年 8 月 28 日

敌我

有我就有敌

有敌就有我

别一说敌我

就不共戴天你死我活

我和敌

都有存在的理由和权力

2023 年 10 月 5 日

这些哲理诗饶有意味，又充满了生活气息，这使垄青的哲理性短诗不至于像传统哲理诗那么干巴巴、坚硬、板着面孔或者故作高深。

能在短诗中写出生活气息，或者让短诗具有生活化的特点，其实很难，垄青因为诗歌语言自然、口语和诗歌题材多出于生活体验的原因，天然地能把短诗也写得充满生活气息，这很不容易，这也是垄青诗歌的一个很大的优点和优势。看看下面这些短诗，我们当对短诗的生活化特征有所了解和思考：

空瓮

大风之夜

房前屋后

老树老井牲口棚

都在呼呼啦啦地响

占据了最高音的

是趴在土台上的一只空瓮

悲情倾泻

到处是它的呜呜声

2019年12月7日

文字

在它们中间

大半辈子

寻找知音

却顶多算是

和一群人

混了个脸熟

2023 年 4 月 24 日

老榆树

它在时

那庄子是个腼腆的村姑

衣衫破旧

但穿得严严实实

它不在时

那庄子是个放浪的村妇

衣装时尚

但裸露太多

2021 年 5 月 26 日

人生戏剧

人生如戏

只是许多人终其一生

都不知道自己入的是什么戏

扮的是什么角色

2021年8月18日

读现代诗

别指望有直溜溜的桥接你过河

有时你得泅过去

当然你得会游泳

或许还得经受水深流急的考验

有时你得从高高低低的跳石上跳过去

当然需要一定的勇气和弹跳力

还要掌握好自身的平衡

选准起落点

2021年11月14日

城市河流

本打算和他谈谈

山中的泉眼、瀑布

漩涡、柳岸

泥鳅、蝌蚪的事

他却抻了抻笔挺的制服

甩给我一个冷脸

扬长而去

2021年11月25日

这些短诗，要么出自生活细节中的观察和体验，要么出自生活中的随意一瞥，要么利用熟悉的生活场景进行诗性的比兴，要么就在不动声色中起底生活现象里耐人寻味的东西，有趣，耐读，引人深思。

总的来说，垄青的短诗内容丰富，题材多样，写作风格上，有印象主义的，比如：

车行巴林

荒凉

天空荒凉

旷野荒凉

牛羊荒凉

车中人语荒凉

睡容荒凉

只有一座孤山

如乳如桃如心

如一个新概念

冬云下

蓬勃鼓胀

2018年12月3日

贡格尔的蓝天

一滴大大的蓝水珠

就要滴下来

滴下来

百灵啊

小心你嘹亮的歌声碰到它

苍鹰啊

小心你的翅膀扇着它

2017年7月6日

有幻觉、超现实主义的，比如：

星面

每到夜晚

汉字就张开翅膀

飞升入空

变成满天的星星

一个个面庞依旧亲切

依旧熟悉

我却只能叫出它们中

很少几个名字

2023年2月25日

也有意象主义，甚至还有一些具有后现代特征的戏仿、改写和解构、平面化的诗作，比如：

不像个故事

某人听说山那边出产美酒

就拉了一车坛子前去购买

不料山路太坎坷

翻过山之后

满车坛子都颠成了碎片

有人说这故事好无趣

我也说这故事无趣得不像个故事

2022年12月10日

诗人垄青的短诗，应该是赤峰地区近十年来诗歌写作的一个重要收获。

除了令人印象深刻的短诗之外，垄青的诗歌，其题材与素材，基本上都和他的个人生活有关，也就是和他的生命有关，他的诗歌，没有无病呻吟，没有为写而写，没有语言机床上的装配活，没有对时尚写作技术与风格的追逐，没有为赋新词强说愁，没有刻意的现代性……他的诗歌，自然，有感而发，高度贴合于他的生活和生命本身，故乡、记忆、回忆、旧照片、根雕爱好，生活中的一次次注视和回眸，日子里的一个个细节……都能触发他的诗思，进而成诗。他的诗歌中有"我"以及"我的历程"，更有属于我的"真情实感"和"家长里短、事无巨细"，垄青不写空心的技术化的观念性的概念的依赖阐释和知识的所谓现代诗。他写有"我"的诗，属于"我"的诗。

此外，自然是垄青诗中一个很重要的内容和表现范围，草原、树、木头、牲畜、动物、乡村、自然现象、四季变迁、山、水、河流……大量出现在诗人的笔下，诗人沉浸其中，感受其中，想象其中，抒情其中，用自然流畅的充满了生活气息的语言抒写其中的诗情、诗意、诗思，内容丰富，笔法灵活，可读性很强，而且，几乎每首都能拥有自己的诗想切入角度和诗意输出方向。写大自然但能有独特性，这其实并不容易。

垄青为什么会在他以自然为内容为题材的诗写中做到独特性呢？他的"自然诗"为什么会和当下大量风景诗、生态诗、自然抒情诗、田园风味风光诗、旅游观光诗不一样呢？我觉得，这源于垄青体验的深入和独特性，这是因为这些诗是出自他切身的生活体验和生命感受，而不是出自他要写什么题材和没有题材就找个题材来硬写。另外，垄青自然、松弛，在生活化口语的基础上提纯和精致化的诗歌语言，也为他"自然诗"具有某种程度的独特性和个性，提供了强有力的支撑和保证。

通读垄青诗兄近些年的写作，我发现，他诗歌原有的地域性的特点（语言，题材，方言的使用，地域性的文化、生活方式、生活现象、民俗，地方风物等）仍然存在并在发展和强化，这非常好。而且，在地域的基础上，他将目光转向历史，将辽史纳入其诗歌写作的范畴和雄心中，并有了数量不菲的史诗努力和成就，他的这一诗写路向和实践，在诗歌题材方面具有一定的拓荒意义。

现代赤峰所在地正是中国古代的大辽国的核心区域，辽历史、辽文化、辽文明，因为各种原因，属于中国历史和文化中的"小学问"。其实，辽代不但是一个深刻地改变了中国走向和民族构成的历史阶段，其民族，其文化，其文明，其历史，也极具特点和辨析度，辽代历史，是中华民族重要的历史组成部分，也是中华文明的重要组成部分，值得研究和弘扬。垄青辽代题材的史诗或者说泛史诗写作，具有深远的意义和可操作性。

仔细读完了能读到的垄青诗歌，掩卷之后，笔者得出了这样一个结论，那就是，诗人的诗歌写作，从技术和风格上来说，已经由抒情和歌唱走向了想象、玄思和哲思；从题材和内容上来说，已经由乡土性走向了地域性，由个体生命与生活走向了历史。其诗歌题材，体裁，语言，想象力，诗歌目的，诗性的凝聚和呈现等的全方位变化，值得深思和研究。

祝愿诗兄垄青诗笔常新，更上层楼。

2024年6—7月，于吉林长春字德楼